전쟁터에도 희망은 있을까?

물음표로
따라가는
인문고전

12

최척전

전쟁터에도 희망은 있을까?

글 박진형 | 그림 토끼도둑

지학사아르볼

전쟁의 소용돌이 속에서
희망을 찾을 수 있을까?

이게 다 꿈이었으면 좋겠어. 이따가 눈뜨면 우리 집 안방이고, 난 아침 먹으면서 형한테 얘기할 거야. 정말 진짜 같은 이상한 꿈 꿨다고.

천만 관객을 모은 영화를 이야기할 때 꼭 빠지지 않는 영화가 바로 강제규 감독의 〈태극기 휘날리며〉입니다. 2004년에 개봉한 이 영화는 6·25 전쟁을 시대적 배경으로 하며, 평범한 가족이 겪는 비극을 생생하게 그려 냅니다. 영화는 형 진태와 동생 진석의 이야기를 중심으로 전개됩니다. 비록 가난했지만 형제는 늘 서로를 생각하며 행복하게 지냈지요. 그러던 어느 날 이들 앞에 피할 수 없는 비극이 닥쳐옵니다. 남과 북이 대립하여 서로 총칼을 겨눈, 6·25 전쟁이 발발한 것입니다.

이제 형제는 한 치 앞을 알 수 없는 운명의 격류에 휩쓸립니다. 진태와 진석은 모두 전쟁터로 끌려가고 말았지요. 서로가 서로를 아무런 죄책감 없이 죽이는 상황에서도 형제는 늘 함께했습니다. 형 진태는 동생을 지키겠다는 일념으로 전쟁터에서의 시간들을 버텼지요.

그러나 신의 장난일까요? 사소한 오해 때문에 갈등하고 헤어진 형제는 이전과는 완전히 달라진 처지로 다시 만나게 됩니다. 전쟁의 소용돌이 속에서, 예전처럼 평범한 일상으로 돌아가 우애 있는 형제로 살기란 너무나 어려웠습니다.

이 영화는 많은 이에게 감동을 주었습니다. 저 역시 영화를 보면서 이런저런 생각을 하게 되었습니다. 전쟁은 인간의 삶을 얼마나 바꿔 놓을까? 만약 전쟁이 나면 나와 가족은 어떻게 될까? 내가 저런 상황에 처한다면 어떻게 해야 할까? 이런 생각에 마음이 복잡해졌던 것이지요.

이번에 읽어 볼 고전 《최척전》을 읽으면서도 자연스레 비슷한 고민이 떠올랐습니다. 여기에도 전쟁 때문에 뿔뿔이 흩어지게 된 가족의 이야기가 나오거든요. 소설의 작가는 조위한(1567~1649년)인데요, 그는 실제로 전쟁을 겪고, 전쟁 때문에 사랑하는 가족을 잃은 사람입니다. 소설을 쓰면서 작가는 가슴 아팠을 것입니다. 글을 쓰다 보면 가족을 먼저 보낸 자신의 아픈 과거가 떠오를 테니까요.

사전에선 고전(古典)을 '오랫동안 많은 사람에게 널리 읽히고 높이 평가될 만한 작품'이라고 정의합니다. 《최척전》은 《춘향전》이나 《홍길동전》처럼 잘 알려진 작품은 아니지만, 무척 높이 평가받는 작품입니다. 역사적 사실을 바탕으로 하면서 전란 중 가장 절실했던 문제, 즉 가족과의 이별과 재회를 사실적이고도 매우 구체적으로 보여 주기 때문입니다.

《최척전》은 비극적 운명에 처한 가족의 이야기입니다. 우여곡절 끝에 두 남녀가 인연을 맺고 가족을 이루지만, 그 행복은 오래가지 않습니다. 주변은 전쟁에 휩싸이고, 세상은 이들을 시험합니다. 시련은 끊이지 않으며, 이별과 재회는 반복되지요. 통곡과 오열, 기쁨과 환희의 눈물은 작품 곳곳에 묘사됩니다.

그래도 다행스러운 것은 작품의 결말입니다. 《최척전》은 행복한 결말로 마무리됩니다. 주인공 최척과 옥영은 죽을 고비를 여러 차례 넘기면서도 살아남아 결국 재회하지요. 부부와 두 아들을 비롯하여 양가 부모, 며느리까지 뿔뿔이 흩어졌던 온 가족이 한곳에 모입니다.

전쟁의 소용돌이 속에서 가족은 어떻게 다시 만날 수 있었을까요? 작품을 읽으면서 문득 궁금해집니다. 단순히 운이 좋았던 걸까요? 아니면 여타의 고전 소설처럼 그저 '해피엔드'로 끝내기 위해서 였을까요? 혹은 현실에서 가족을 잃은 작가가 결말 부분에 자신의 소망을 투영한 것일까요?

　사실 그 답이야말로 이 작품에 담긴 가장 소중한 가치일 것입니다. 또한 작가가 여러분에게 전하고자 하는 진정한 메시지겠지요. 《최척전》 속에는 분명 그 답이 담겨 있습니다. 여러분도 소설을 읽으며 작품이 전하는 메시지에 대해 꼭 고민해 보기를 바랍니다.

● 박진형

Part 1 │ 고전 소설 속으로

　고전을 아름다운 그림과 함께 담아냈습니다. 원전에 충실하면서도 어려운 단어를 최대한 줄이고 쉽게 풀이하여, 재미난 이야기를 마주하듯 술술 읽을 수 있도록 했습니다.

Part 2 | 물음표로 따라가는 인문학 교실

고전은 오늘의 우리를 비추는 거울이며, '인문학'을 담고 있는 그릇입니다. 이 책은 고전의 재미를 더하고, 우리 고전을 인문학적인 관점에서 바라볼 수 있도록 구성되었습니다.

● **고전으로 인문학 하기**

고전 소설을 읽고 나면 머릿속에는 여러 질문들이 떠올라요. 물음표에 대한 답을 따라가 보세요. 배경지식이 쑥쑥 늘어날 거예요.

● **고전으로 토론하기**

고전의 내용에 기반한 가상 대화가 이어집니다. '고전으로 토론하기'를 통해 다르게 생각하는 힘을 길러 보세요.

● **고전과 함께 읽기**

함께 읽으면 더욱 좋은 문학, 영화, 드라마 등을 소개합니다. 비슷한 주제가 다른 작품에서는 어떻게 표현되었는지 살펴보고 생각의 폭을 넓히세요.

차례

Part 2 | 물음표로 따라가는 인문학 교실

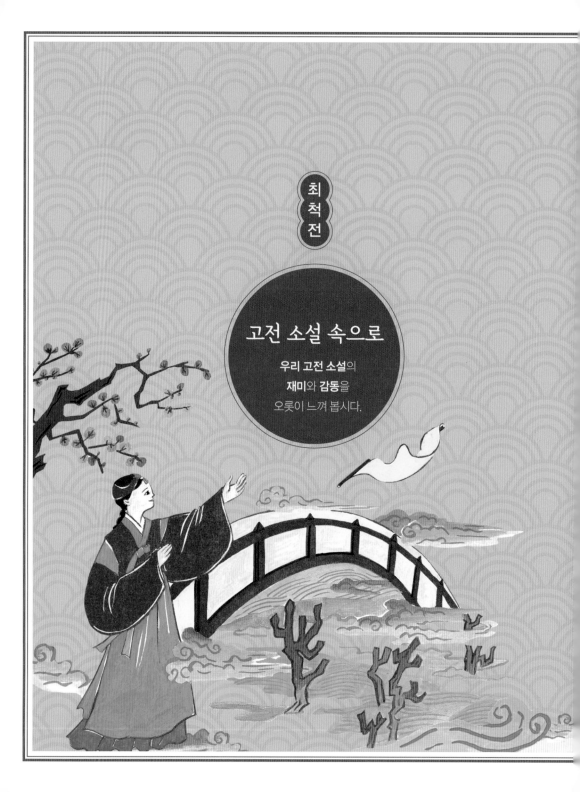

최
척
전

고전 소설 속으로

우리 고전 소설의
재미와 **감동**을
오롯이 느껴 봅시다.

"가난한 것은 선비의 본분이고, 떳떳하지 못한 재물은
뜬구름과 같은 것이지요. 어머님께 부탁드리니,
최생으로 마음을 정하셔서 제 소원을 이루어 주세요."

혼인하고 싶은
여인을 만났습니다

　자(字)가 백승인 사내 최척은 전라도 남원 사람이었다. 최척은 어려서 어머니를 여의고, 아버지 최숙과 함께 서문 밖에 있는 만복사 동쪽에서 살았다. 그는 어려서부터 뜻이 크고 생각이 깊었다. 또한 친구들과 우정이 깊었고, 약속을 하면 반드시 지켰으며, 사소한 일에 얽매이지 않았다. 언젠가 아버지가 아들을 염려하는 마음에 이렇게 충고했다.

　"앞으로 어떤 사람이 되려고 그러느냐? 커서 불량배가 되려고 그러느냐? 지금은 나라가 전쟁 중이라 시끄럽다. 고을마다 병사를 징집하고 있는데, 너는 놀기만 좋아하여 늙은 아비를 걱정시키니 어찌 효자라 할 수 있겠느냐? 앞으로는 머리를 숙이고 선비를 좇아 과거 공부를 하거라. 그럼 혹여나 벼슬길에 오르지 못할지라도, 등에 화살을 지고 전쟁터에 끌려가는 일은 면할 수 있을 것이다. 마침 성 남쪽에 사는 정 생원이 나와 죽마고우이다. 학문이 두텁고 뛰어난 분이니 스승으로 섬기도록 해라."

최척은 곧바로 정 생원을 찾아갔다. 그때부터 정 생원에게 배워 책을 읽으며 부지런히 공부했다. 나날이 문장이 발전하였고, 마을 사람은 입을 모아 최척의 총명함을 칭찬했다.

그런데 정 생원 집에서 최척이 공부할 때마다 종종 이름 모를 여인의 인기척이 느껴졌다. 여인은 창 밑에 숨어서 그의 책 읽는 소리를 몰래 엿듣고 있었다. 나이는 열여섯 정도 되었을까? 머릿결이 칠흑처럼 검고 얼굴은 꽃같이 예뻤다.

그러던 어느 날, 최척이 홀로 앉아 시를 읊고 있는데 조그만 쪽지 하나가 창틈으로 날아들었다. 최척은 깜짝 놀라 얼른 쪽지를 주워서 펴 보았다. 쪽지에는 이렇게 써 있었다.

떨어지는 매실을 광주리를 기울여 모두 담노라.
나를 찾는 선비여, 어서 말씀하세요.

최척은 쪽지를 보고 나서 들뜬 마음을 가라앉힐 수 없었다. 몰

래 밤에 나가서라도 쪽지를 쓴 여인을 만나 보고 싶었지만, 공부하는 사람이 쓸데없는 일에 관심을 가져서는 안 된다며 애써 마음을 다잡았다. 그러나 외면하려고 할수록 자꾸 여인 생각이 나서 참을 수 없었다.

그렇게 여인 생각에 한참 빠져 있을 때쯤 정 생원이 방으로 들어왔고, 최척은 얼른 소매 속에 쪽지를 감추었다.

그날 수업을 마치고 집에 돌아오는데, 푸른 옷을 입은 계집아이가 뒤따라오며 말했다.

"저…… 드릴 말씀이 있습니다."

최척은 아이를 집으로 데려가 자초지종을 물었다. 아이는 공손히 대답했다.

"저는 이 낭자의 계집종 춘생입니다. 낭자께서 제게 도련님의 답장을 받아 오라고 하셨습니다."

최척이 의아해하며 물었다.

"너는 정 생원 댁 아이가 아니냐? 그런데 어째서 '정 낭자'라 하지 않고 '이 낭자'라고 말하느냐?"

춘생이 말했다.

"저의 주인댁은 본래 서울 숭례문 밖 청파리에 있었습니다. 주인어른께서 일찍 돌아가시고 심 부인께서 딸 하나와 외롭게 살아오셨지요. 따님 이름은 옥영이에요. 조금 전에 쪽지를 창틈으로 던진 분이랍니다. 저희는 지난해 배를 타고 강화도로 피란 갔다가 나주 땅 회진으로 옮겨서 머물렀고, 이번 가을에 이곳으로 오게 되었습니다. 이 집 주인인 정 생원께서는 우리 마님과 친척이라 저희를 잘 보살펴 주시지요. 정 생원께서 낭자를 위해 혼처까지 구해 주려고 하시는데, 아직 마땅한 자리를 찾지 못하고 있는 상황입니다."

"이 낭자는 홀어머니 밑에서 자랐는데 어떻게 글을 아느냐?"

춘생이 대답했다.

"낭자께 득영이라는 언니가 있었습니다. 그분은 재주가 많고 문장에 능했지만, 열아홉 젊은 나이에 세상을 뜨셨지요. 아씨는 언니의 어깨너머로 보고 배워서 거칠게나마 글을 쓸 수 있게 된 것이랍니다."

최척은 춘생의 말이 무척이나 반갑게 느껴졌다. 최척 역시 옥영 생각에 빠져 있었기 때문이다. 그리하여 최척은 춘생에게 술과 음식을 대접하고, 옥영에게 답장을 썼다.

아침에 받은 쪽지는 저의 마음을 사로잡았습니다. 제 기쁨을 어찌 다 헤아릴 수 있겠습니까? 그동안 거울에 비친 모습을 보면서 내 짝은 어디 있는지 그리워했지만 지금껏 찾을 수 없었습니다. 그런데 낭자께서 저에게 오신 것이지요. 사랑하는 마음의 소중함을 모르는 것이 아니기에, 낭자를 찾아가고 싶었습니다.

하지만 봉래산*으로 가는 길은 멀고 약수*는 건너기 어려웠지요. 이리
저리 고민하던 사이에 얼굴은 누렇게 뜨고 목은 말라비틀어졌습니다. 늘
걱정하며 잠을 이루지 못하니, 애끓는 마음에 넋이 사라지는 듯했습니다.
그런데 뜻밖에 오늘 무산신녀*를 만나고 서왕모*가 낭자와 연을 맺어 주
니, 이는 곧 제 소원을 이루는 것과 같습니다. 부디 낭자께서는 사랑의 약
속을 지키기 바랍니다. 편지로 하고픈 말을 다 전하지 못하거니와, 말로
어찌 내 마음을 모두 표현할 수 있겠습니까?

옥영은 편지를 받고 설레는 마음으로 답장을 썼다.
다음 날 그 편지는 다시 춘생을 통해 최척에게 전달되었다.

저는 서울에서 자랐습니다. 일찍 아버지를 여의고, 형제도 없이 홀로
어머니를 모셨지요. 비록 몸은 작고 초라하지만, 여자가 갖추어야 할 행실
에 대해선 조금이나마 배워 대문 앞 길가에도 나가 본 일이 없답니다. 하지
만 좋은 때를 만나지 못해 세상살이에 어려움이 많습니다. 게다가 전쟁 때

---

* **봉래산**(蓬萊山) 신선이 살고 불로초가 자란다는 상상 속의 산.
* **약수**(弱水) 신선이 살았다는 중국 서쪽의 강으로, 부력이 약해 기러기의 털도 가라앉았다고 함.
* **무산**(巫山)은 중국 사천성 동쪽에 있는 명산을 가리킨다. '무산신녀'는 구름과 비로 변하여 초나라
  회왕(懷王)과 인연을 맺었다는 여인을 가리킨다.
* 서왕모는 중국 전설에서 불사약을 가졌다는 선녀를 뜻한다.

문에 이곳 남쪽 땅까지 와서 친척에게 몸을 맡기고 있지요. 이미 시집갈 나이가 되었지만 아직 공경할 사람을 만나지 못했으니, 포악한 자들의 손에 더럽혀질까 두렵습니다. 늙으신 어머님께서도 저 때문에 걱정이 많으시지요. 하지만 덩굴풀이 굳센 나무에 의지하듯 여자의 백년고락*은 실로 남자에게 달려 있으니, 진실로 굳센 나무같이 훌륭한 남자가 아니라면 제가 어찌 결혼할 마음을 가질 수 있겠습니까?

얼마 전 가까운 곳에서 낭군을 뵈었습니다. 말씀이 온화하고 행동거지가 단정했지요. 게다가 성실함이 얼굴에 넘쳐흐르고, 우아함 역시 보통 사람보다 한결 빼어났습니다. 만약 제가 어진 남편을 구하고자 한다면 낭군 외에 달리 누가 있겠습니까? 저는 어리석은 사람의 아내가 되기보다는 차라리 군자의 첩이 되는 게 낫다고 여기는 사람입니다. 제 비천한 자질을 돌이켜 보며 군자의 짝이 되지 못할까 두렵기만 하지요.

어제 제가 쪽지를 던진 건 결코 음탕한 마음으로 한 일이 아닙니다. 다만 낭군께서 저를 어찌 생각하실지 알고 싶었을 따름이랍니다. 비록 아는 게 부족하다고 하나 저는 애초에 거리에서 몸을 파는 무리가 아닌데, 어찌 담벼락에 구멍을 뚫고 몰래 만날 마음을 가질 수 있겠습니까? 반드시 부모님께 아뢰어 절차에 따라 혼례를 치러야겠지요. 그렇게 된다면 정절과 신의를 지켜 남편을 지극정성으로 공경할 것입니다.

* **백년고락**(百年苦樂) 긴 세월 동안의 즐거움과 괴로움.

이미 사사로이 편지를 주고받았으니 그윽하고 바른 덕을 잃고 말았습니다. 하지만 다른 한편으로는 서로의 마음을 잘 알게 되었으니 다행입니다. 저는 앞으로 다시는 함부로 편지를 보내지 않겠습니다. 이제부터는 중매를 통해 혼사를 의논해 주시고, 제가 부정한 일을 저질렀다는 비난을 받지 않도록 해 주시길 간절히 바랍니다.

최척은 편지를 다 읽은 뒤 기쁜 마음으로 아버지께 아뢰었다.

"말씀드릴 게 있습니다. 듣자 하니 서울에서 오신 과부 한 분이 정 생원 댁에 더부살이를 하고 있는데, 그 딸의 용모가 아름답고 성격이 온순하다고 합니다. 아버님이 정 생원께 혼담의 말을 한번 넣어 보시면 어떻겠습니까? 다른 사람이 우리보다 먼저 구혼하게 된다면 후회해도 소용없을 것이니, 서두르는 게 좋을 듯합니다."

그러나 아버지는 고개를 저었다.

"네가 누구를 말하는지는 알고 있다. 그러나 저들은 서울의 훌륭한 가문 출신이다. 반드시 부유한 집에 혼처를 구하려고 할 것이다. 우리 집은 본래부터 가난한데, 저들이 우리의 구혼을 허락할 리 없다."

최척은 애타는 마음으로 간청했다.

"그래도 일단 물어봐 주십시오. 이루어지든 이루어지지 않든 모두 하늘의 뜻입니다."

아버지는 아들의 간절한 마음을 그냥 넘길 수 없었다.

"알겠다. 네가 굳이 원한다면 내 한번 청혼을 넣어 보긴 하겠다. 하지만 그 성패는 하늘에 달렸느니라."

다음 날 아침, 최척의 아버지는 정 생원 집에 찾아가 혼담을 꺼냈다. 정 생원은 난감한 표정이었다.

"그래, 자네 말대로야. 내 사촌 여동생이 이곳에 머물러 있지. 외동딸 옥영이는 아름다운 데다 재주도 보통이 아니라네. 나는 그 아이에게 제대로 된 신랑감을 구해 주려고 마음먹었지. 물론 자네 아들이 훌륭한 사윗감이라는 걸 알고 있지만…… 자네가 가난하다는 사실이 마음에 걸리네. 일단 내가 누이와 상의해서 다시 알려 주겠네."

최척의 아버지는 집에 돌아와 아들에게 이야기를 전했다. 최척은 초조한 모습으로 소식이 오기를 기다릴 수밖에 없었다.

한편 정 생원은 옥영의 어머니 심씨에게 최척과의 혼사 이야기를 꺼냈지만 심씨는 단번에 거절했다.

"저는 집을 떠나 기댈 곳 없이 어렵게 지내고 있습니다. 하나뿐인 제 딸은 부유한 사람에게 시집보내고 싶답니다. 아무리 어진 청년이라도 집안이 가난하다면 받아들일 수 없을 듯합니다."

자초지종을 알게 된 옥영은 답답한 심정이었다. 옥영의 눈치를 살피던 심씨가 물었다.

"하고 싶은 말이 있는 듯하구나. 숨기지 말고 말해 보거라."

옥영은 얼굴을 붉히고 잠시 머뭇거리더니 이윽고 입을 열었다.

"어머님께서 저를 위해 오직 부자 사위만 구하려 하시니 참으로 안타깝습니다. 어머님 말씀대로 집안이 부유하고 사람도 어질다면 얼마나 다행이겠어요? 하지만 만약 집안이 풍족하더라도 사윗감이 어질지 못하다면, 그 집안을 보존하긴 어려울 것입니다. 사람이 어질지 못한데 제가 그를 남편으로 섬긴들 무슨 소용이 있겠습니까? 비록 창고에 곡식이 있다 한들 그가 능히 우리를 먹여 살릴 수 있겠습니까?"

"이 무슨 당돌한 소리냐?"

옥영의 어머니는 당황한 표정으로 딸을 바라보았다. 그러나 옥영은 물러서지 않고 차분히 말을 이었다.

"제가 그동안 최생을 몰래 살펴보았습니다. 그는 하루도 빼놓지 않고 매일 외삼촌께 와서 성실하게 배웠답니다. 이것만 보아도 경박하거나 방탕한 사람이 아니지요. 그를 배필로 삼을 수 있다면 저는 죽어도 여한이 없습니다. 비록 그가 가난하다고 해도 저는 개의치 않습니다. 가난한 것은 선비의 본분이고, 떳떳하지 못한 재물은 뜬구름과 같은 것이지요. 어머님께 부탁드리니, 최생으로 마음을 정하셔서 제 소원을 이루어 주세요. 처녀가 제 입으로 할 말은 아니지만, 저의 운명과 관련된 것이에요. 부끄러워하면서 침묵을 지키고 있다가 어리석은 사람에게 시집가서 일생을 그르쳐 버릴 수는 없습니다. 이미 깨진 벼루는 다시 완전하게 만들기 어렵고, 색으로 물들인 실은 다시 하얗게 만들 수 없다고 하지요. 더욱이 지금 제 처지는 다른 사람들과 달라요. 아버지가 없는데 왜적은 가까운 곳에 있으니, 진실로 참되고 믿음직한 사람이 아니라면 우리 가문의 운명을 어떻게 온전하게 보존할 수 있겠어요? 저는 시집가기를 청하면서 스스로 배필 고르는 일을 피하지 않으려 합니다. 속마음을 숨긴 채 단지 남의 입만 바라보면서 가까운 곳에 있는 배필을 놓치진 않겠어요."

심씨는 딸의 간곡하고도 단호한 말에 크게 놀랐다. 딸을 막을 수 없을 것 같았다. 하는 수 없이 심씨는 다음 날 정 생원에게 말을 넣었다.

"제가 밤에 다시 생각해 보았습니다. 최생이 비록 가난하지만 사람됨은 괜찮다 하더군요. 가난과 부귀는 본래 하늘에 달려 있기에 사람의 힘으로 이룰 수 있는 게 아니라지요. 그러니 모르는 사람에게 구혼하기보단 차라리 최생을 사위로 삼는 게 좋을 것 같습니다."

정 생원은 고개를 끄덕였다.

"누이의 뜻을 알겠네. 내가 반드시 일을 성사시키겠네. 최생이 비록 가난하지만 됨됨이가 훌륭하지. 서울에서도 그런 사람은 찾기 힘들 거야. 학업을 다 끝마치고 나면 가난에서 벗어나 크게 성공할 사람이라고 보네."

정 생원은 그날로 매파를 보내 혼인을 약속하고, 오는 9월 보름에 혼례를 치르기로 결정했다.

●

"좋은 일과 나쁜 일이 반복되는 건

사람살이의 당연한 이치일지 모르오.

부질없는 걱정은 그만두고

즐거운 마음으로 행복하게 살아갑시다."

●

최척이 아니면
누구도 아니됩니다

최척은 혼례를 치를 날이 오기만을 기다렸다.

기대감에 부풀어 지내던 어느 날, 의병을 모집한다는 말이 들려왔다. 남원 사람으로 벼슬을 지낸 변사정이 경상도로 갈 의병을 모집해 왜군과 싸우려고 한다는 것이다. 활쏘기와 말타기에 뛰어난 최척도 의병으로 뽑혀서 가게 되었다.

최척은 부대에 있으면서도 옥영에 대한 걱정뿐이었다. 혼례를 치르기로 약속한 날이 다가오자, 최척은 글을 올려 휴가를 청했다. 그러나 의병장은 불같이 화를 냈다.

"임금께서도 피란 중에 고생하신다. 지금이 어느 때라고 감히 혼사를 말하느냐? 도적을 모두 물리치고 난 뒤에 결혼식을 올려도 늦지 않을 것이다."

의병장은 엄하게 꾸짖으며 최척의 부탁을 들어주지 않았다.

옥영은 최척이 없으니 혼례를 치르지 못하고 하루하루를 불안해하며 보낼 수밖에 없었다. 근심은 더욱 깊어만 갔다. 밥을 먹거나 잠을 자지도 못했다.

한편 이웃에 매우 부유한 집안의 양생이라는 사람이 있었다. 그는 어질고 똑똑한 옥영을 눈여겨보고 있었다. 양생은 옥영과 혼인하기로 한 최척이 돌아오지 않는다는 사실을 알아채고, 그 틈을 타 옥영과의 혼사를 추진하기로 마음먹었다. 그리하여 매파에게 몰래 뇌물을 건네고 일을 꾸몄다.

하루는 매파가 넌지시 심씨에게 말을 건넸다.

"최생은 너무 가난합니다. 사실 부친을 모시기도 어렵지요. 아침에는 저녁때 먹을 게 없어서 동쪽에서 빌리고 서쪽에서 구걸해야 한답니다. 그런 자와 혼인이라니요? 더군다나 지금은 의병에 나가서 생사를 기약하기도 어려운데 말입니다. 여기 비하면 양생의 집안은 부유하기로 소문이 나 있답니다. 양생의 성품이 어질다는 소문도 자자하지요. 이왕이면 그쪽 집안과 혼사를 맺는 게 어떻습니까?"

열 번 찍어 안 넘어가는 나무 없는지, 계속된 매파의 권유에 심씨의 마음이 조금씩 기울었다. 결국 10월로 날짜를 잡고 혼례를 치르기로 약속해 버렸다. 옥영은 날벼락 같은 소식에 어머니를 찾아가 눈물로 호소했다.

"어머니, 최생이 일부러 오지 않는 게 아닙니다. 의병으로 나가 있기에 잠시 소식이 끊겼을 뿐이지요. 그런데 이렇게 약속을 저버리다니요! 저는 차라리 스스로 목숨을 끊을지언정 다른 곳으로는 시집가지 않겠습니다. 왜 제 마음을 몰라주시나요!"

"어린 네가 무엇을 아느냐? 너는 그저 이 어미가 시키는 대로 따르거라!"

심씨는 딸의 말을 더 들을 생각조차 없는 듯 화난 표정으로 뒤돌아 버렸다.

그날 한밤중에 심씨가 잠들어 있는데 어디선가 숨넘어가는 소리가 들렸다. 심씨는 잠에서 깨어나 딸이 자던 자리를 급히 어루만져 보았다. 그곳에는 아무도 없었다. 깜짝 놀라 다급히 딸을 찾았더니, 창살 아래에 수건으로 목을 맨 채 엎드려 있는 옥영이 보였다. 심씨는 서둘러 수건을 풀고 옥영을 끌어안아 일으켰다. 옥영의 손발은 차갑고 숨소리가 희미했으며, 호흡만 목구멍 속에서 오락가락하고 있었다.

"옥영아! 이를 어쩌나. 아가야!"

심씨가 다급히 소리쳤다. 옆방에 있던 춘생도 등불을 밝히고 뛰어왔다. 입에 물을 몇 모금 흘려 넣으니 그제야 옥영이 겨우 숨을 내쉬었다.

"아아…… 내가 잘못했다."

심씨는 딸을 껴안으며 후회했다. 온 집안이 발칵 뒤집힌 이 사건이 있고 나서는 아무도 양생과의 혼사 이야기를 꺼내지 않았다.

발 없는 소문은 널리 퍼져 나갔다. 최척의 아버지 최숙은 아들에게 편지를 보내 그동안의 모든 일을 전해 주었다. 그 무렵 최척은 옥영에 대한 그리움으로 오래도록 병이 낫지 않아 앓아눕고 있었다. 옥영이 자신 때문에 목숨을 끊으려고 했다는 소식을 들으니 최척의 병은 더욱 깊어졌다. 의병장은 최척과 옥영의 애절한 사랑을 알게 되었고, 최척을 집으로 돌아가게 해 주었다.

드디어 최척은 고향으로 돌아와 11월 초하룻날 혼례를 치를 수 있었다. 아름다운 두 남녀가 서로 합치니 그 기쁨은 이루 말할 수 없었다.

혼례를 마친 뒤 최척은 아내, 장모와 함께 집으로 돌아왔다. 온 동네 사람들이 이들의 혼인을 진심으로 축하했다. 이제 옥영은 집 안일에 열과 성을 다했다. 베틀에 올라 베를 짜고, 들에 나가 김을 맸다. 그런가 하면 소매를 걷어붙이고 머리를 빗어 올린 채 물을

긷고 절구질을 했다. 시아버지를 정성으로 봉양하며 남편을 지극 정성으로 섬기니, 이웃들이 그녀의 됨됨이를 크게 칭찬했다.

꿈 같은 시간이 펼쳐졌다. 최척은 그토록 원하던 사람과 혼인했으니 더 이상 바랄 것이 없었다. 집안 살림도 나날이 불어났다. 다만 한 가지 걱정이 있다면, 둘 사이에 자식이 없다는 것이었다. 최척 부부는 매월 초하루가 되면 만복사에 올라 부처에게 기도를 올렸다.

그로부터 1년이 지난 갑오년(1594년) 정월 초하루였다. 기도를 마치고 돌아온 어느 날 밤, 커다란 불상 장륙불이 옥영의 꿈에 나타나 말했다.

"나는 만복사의 부처이다. 너희의 정성이 기특하여 사내아이를 점지해 주려 한다. 아기 몸에는 필시 특이한 징표가 있을 것이다."

옥영은 그달에 바로 잉태해 10달 뒤 아들을 낳았다. 정말 장륙불 말대로 아기의 등 위에 어린아이 손바닥만 한 붉은 점이 있었다. 최척은 '부처님 꿈을 꾸다.'라는 의미를 담아 아들의 이름을 몽석(夢釋)이라고 지었다.

최척은 본래 퉁소를 잘 불었다. 꽃 피는 아침과 달이 뜨는 저녁이면 퉁소를 불곤 했다.

밝은 달이 환하게 비추는 어느 봄밤이었다. 산들바람이 불어와

꽃잎이 떨어지고 그윽한 향기가 코끝을 스쳤다. 최척은 옥영과 술을 따라 마신 뒤 침상에 기대어 퉁소를 불었다. 한동안 침묵에 잠겨 있던 옥영이 말했다.

"저는 평소에 여인이 시 읊는 것을 좋아하지 않았습니다. 그런데 이처럼 맑은 풍경 앞에서는 도저히 참을 수가 없군요."

옥영이 시를 한 수 읊었다.

왕자교*가 퉁소를 부니 달도 내려와 들으려 하는데
바다처럼 푸른 하늘엔 이슬이 서늘하네.
때마침 날아가는 푸른 난새를 함께 타고서도
안개와 노을 가득하여 봉래산 가는 길 찾을 수 없네.

최척은 옥영의 재주에 감탄하며 즉시 화답 시를 지었다.

아득한 요대*엔 새벽 구름이 떠다니고
맑은 퉁소 소리는 끊이지 않네.
공중에 울려 퍼짐에 달은 떨어지려 하고

* **왕자교** 주(周)나라 영왕의 태자로, 나중에 신선이 되었다고 한다. 퉁소를 잘 불었다고 한다.
* **요대** 옥으로 만든 집. 신선이 사는 곳으로 알려져 있다.

뜰에 드리운 꽃 그림자 향기로운 바람에 날리네.

최척의 시를 듣는 옥영의 입가에 미소가
맴돌았다. 그런데 옥영이 갑자기 최척의 손
을 잡더니 눈물을 흘리며 말했다.

"인간 세상에는 뜻하지 않는 변고가 늘 있
기 마련이지요. 좋은 일은 귀신이 시기하는 법입니다. 지금은 함께
하지만 언젠가 헤어지게 될지도 모르지요. 이런 생각을 하면 저의
마음은 절로 슬퍼지곤 합니다."

최척은 아내의 눈물을 닦아 주며 달랬다.

"굽었다가 펴지고, 가득 찼다가 텅 비게 되는 것이 하늘의 이치
라오. 좋은 일과 나쁜 일이 반복되는 건 사람살이의 당연한 이치일
지 모르오. 하지만 길한 말만 하고 흉한 말은 하지 말라는 옛 속담
도 있지 않소? 부질없는 걱정은 그만두고 즐거운 마음으로 행복하
게 살아갑시다."

이날 이후로 최척과 옥영의 애정이 더욱 돈독해졌다. 두 사람은
서로를 지음*으로 여기며 늘 함께했다.

---

* **지음**(知音) 마음이 서로 통하는 친한 벗을 비유적으로 이르는 말. 거문고의 명인 백아가 자기의
  소리를 잘 이해해 준 벗 종자기가 죽자 자신의 거문고 소리를 아는 자가 없다고 하여 거문고 줄
  을 끊었다는 데서 유래한다.

옥영의 꿈에 장륙불이 나타나 말했다.
"나는 만복사의 부처이다. 죽지 말거라!
훗날 반드시 기쁜 일이 있을 것이다."

왜적으로 인해
뿔뿔이 흩어지다

정유년(1597년) 8월, 왜적이 남원을 함락했다. 사람들은 모두 피란을 떠났고, 최척의 가족도 지리산 연곡사로 몸을 피했다. 최척은 옥영에게 남자 옷을 입혀서 남장을 하도록 했는데, 사람들 속에 뒤섞이니 누구도 옥영이 여자인 줄 몰랐다.

지리산으로 들어온 지 며칠이 지나자 양식이 다 떨어졌다. 최척은 양식을 구하고 외적의 형세도 살필 겸 장정 서너 사람과 함께 산에서 내려왔다. 이들은 구례에 이르러 적군을 만나게 되었는데, 바위 골짜기에 간신히 몸을 숨겨 피할 수 있었다.

왜적들은 연곡사로 쳐들어가는 길이었다. 왜적들은 그곳의 모든 것을 약탈해 갔다. 최척 일행은 길이 막혀 3일 동안이나 오도

가도 못 하고 숨어 있었다. 왜적이 물러갈 때까지 기다렸다가 겨우 연곡사로 되돌아갈 수 있었다. 그러나 그곳에 이르니 참혹한 광경이 펼쳐졌다. 시체가 가득 쌓여 있고 피가 흘러 강을 이루고 있었으며 여기저기서 신음 소리가 들려왔다. 최척은 가족이 어찌 되었는지도 알 수 없었다. 상처를 입고 쓰러져 있던 노인들이 최척을 보고 통곡하며 말했다.

"왜적이 재물을 약탈하고 사람들을 베어 죽였다네. 아이들과 여자들은 전부 끌고 갔다오. 자네 가족을 찾고 싶으면 물가에 가 보게나."

최척은 울음을 참지 못하고 큰 소리로 통곡하며 곧바로 섬진강으로 달려가 보았다. 몇 리 채 못 갔는데도 여기저기에 시신들이 널브러져 있는 것이 보였다. 그중에 온몸이 칼로 베어 피가 낭자한 사람이 있었는데 춘생이 입고 있던 것과 같은 옷을 입고 있었다. 최척은 큰 소리로 외쳤다.

"너는 춘생이 아니냐?"

춘생은 최척을 바라보며 희미하게 몇 마디 중얼거렸다.

"아아, 어르신! 애통합니다. 어르신의 가족 모두 적병에게 끌려 갔습니다. 저는 몽석 도련님을 등에 업고 빨리 달릴 수가 없어 칼에 찔렸습니다. 정신을 잃고 쓰러지고 나니 등에 업혔던 도련님이 온데간데없었습니다."

그러더니 곧 춘생의 숨이 끊어졌다. 최척은 가슴을 치고 발을 굴렀다. 북받치는 슬픔에 몸을 제대로 가눌 수도 없었다. 겨우 정신을 차려 섬진강으로 가 보니, 강둑 위에 상처를 입고 쓰러진 노인들이 통곡하고 있었다. 노인들이 비탄스러운 목소리로 말했다.

"우리는 산속에 숨어 있다가 여기까지 끌려왔네. 왜적들이 젊은 이들은 배에 태우고, 병들거나 칼에 찔린 늙은이들은 이렇게 버려 두었네."

최척은 울음을 그칠 수 없었다. 혼자만 온전하게 살아남은 현실을 견딜 수 없었던 최척은 스스로 목숨을 끊으려 했다. 그런데 막 물에 뛰어들려는 찰나에, 곁에 있던 누군가가 그의 옷을 잡으며 말했다.

"왜 이러는가? 마음은 이해하지만, 이 난리에 당신 같은 이가 한 사람뿐인가? 그럴수록 용기를 내야지."

최척은 고개를 숙인 채 묵묵히 그의 말을 들었다. 마음을 다잡고 일단 집으로 돌아가 보기로 했다.

그러나 그 기대는 무너져 버렸다. 밤낮을 쉬지 않고 사흘 동안 걸어서 고향에 도착했지만, 모든 게 변해 버려 옛 모습을 찾을 수 없었다. 담벼락은 무너져 있었고 집들은 대부분 불에 타서 재가 되어 있었다. 곳곳에 죽은 이들이 언덕처럼 쌓여 있었다.

최척은 금석교 옆에 주저앉았다. 며칠째 아무것도 먹지 못하여 일어날 힘조차 없었다.

그때 마침 명나라 장수 한 명이 병사를 이끌고 다리 밑에서 말을 씻기고 있었다. 최척은 의병으로 있을 때 오랫동안 명나라 군대와 접촉한 경험이 있어서 중국 말을 조금 할 줄 알았다. 최척은 장수에게 자신의 상황을 이야기하고, 의지할 곳이 없으니 함께 중국으로 들어가 은둔하고 싶다고 말했다. 명나라 장수는 최척을 불쌍하게 여기며 말했다.

"나는 오 총병*에 속해 있는 무관 여유문이오. 집은 절강성 소흥부에 있습니다. 비록 재산은 넉넉하지 않아도 먹고살기엔 부족함이 없소. 나와 함께 가겠소? 나는 마음을 알아주는 사람과 함께하고 싶다오."

그러고는 말 한 필을 주어 최척을 자기 진영으로 데려왔다. 최척은 용모가 준수하고 생각이 깊었으며, 활쏘기와 말타기에 능하고 한문을 잘 알고 있었다. 여유문은 최척을 매우 아껴, 최척과 함께 식사하고 잠도 같이 잤다. 얼마 뒤 명나라 군대가 본국으로 돌아가게 되자 여유문은 최척을 데리고 국경을 통과해 명나라 소흥부로 함께 갔다.

---

* **총병**(摠兵) 명나라 때 조선에 군사를 파견하면서 만든 관직.

그럼 최척의 남은 가족은 어떻게 지내고 있었을까.

최척의 가족은 왜군의 포로가 되어 강까지 끌려갔다. 적병들은
최척의 아버지 최숙과 장모 심씨가 늙고 병들었다고 생각해 감시
를 소홀히 했다. 둘은 그 순간을 틈타 갈대숲에 몸을 숨겼다. 이윽
고 왜적들이 물러가자 두 사람은 숲에서 나와 이 고을 저 고을을
구걸하며 떠돌았다. 그러다 마침내 연곡사에 이르렀는데, 그때 한
쪽 방에서 어린아이의 울음소리가 들리는 게 아닌가. 심씨가 흐느
끼며 말했다.

"아아, 꼭 우리 손자 울음소리 같습니다."

방문을 열었더니 정말로 몽석이 그곳에 있었다. 깜짝 놀란 최숙
은 아이를 품고 울음을 달랬다. 그러고는 스님에게 물었다.

"이 아이가 왜 여기에 있습니까?"

혜정이라는 스님이 말했다.

"나무아미타불. 수북하게 쌓여 있는 시체 더미 속에서 이 아기
가 응애응애 울면서 기어 나왔답니다. 그 모습이 하도 불쌍해 이곳
으로 데려왔지요. 하늘이 아기를 살렸습니다. 어찌 사람의 힘으로
할 수 있는 일이겠습니까?"

최숙과 심씨는 하늘에 감사하며 손자를 업고 서둘러 고향집으로
돌아왔다. 둘은 불타 버린 집을 수리하고 겨우 비바람을 피하며 살
았다.

한편 옥영은 왜적 돈우에게 붙잡혀 있었다. 늙은 병사 돈우는 부처님을 믿고 있어서 사람을 죽이기를 원하지 않았다. 돈우는 원래 장사꾼이었다. 왜적이 돈우를 뱃사공의 우두머리로 삼아 데리고 온 것이었다. 돈우는 영특한 옥영을 마음에 들어 하며, 옥영에게 옷과 맛난 음식을 주며 마음을 달랬다. 그러면서도 옥영이 여자인 줄은 정말 몰랐다. 옥영은 바다에 몸을 던졌지만 번번이 구출되어 죽지 못하고 말았다. 그러던 어느 날 저녁, 옥영의 꿈에 장륙불이 나타났다.

"나는 만복사의 부처이다. 죽지 말거라! 훗날 반드시 기쁜 일이 있을 것이다."

옥영은 깨어나 자리에 앉았다. 꿈에서 본 부처의 말을 되새기며 다시금 희망을 가지려고 노력해 보았다. 그러고 보니 희망이 전혀 없는 것도 아니었다. 그녀는 억지로라도 밥을 먹으며 한번 살아 보기로 다짐했다.

돈우의 집은 나고야에 있었다. 집에는 아내와 어린 딸만 있고 다른 사내는 없었다. 돈우는 옥영을 집 안에서 생활하게 두고 다른 곳에는 일절 나가지 못하게 했다. 그러자 옥영은 어떻게든 밖으로 나가야겠다고 생각하고, 돈우를 설득했다.

"저는 체격이 작은 데다 병치레가 잦습니다. 그래서 예전에는 의병으로 나서지도 못했습니다. 단지 바느질과 밥 짓는 것만 알고 다른 건 잘 모르지요."

돈우는 불쌍하게 여기며 옥영에게 '사우'라는 이름을 지어 주고는, 배를 타고 옥영과 여기저기 장사를 다녔다. 옥영은 부엌일을 맡아 하며 돈우를 도왔다. 그렇게 이곳저곳을 왕래할 수 있었다.

한편 최척은 소흥부에 살면서 무관 여유문과 의형제를 맺었다. 최척을 좋게 보았던 여유문은 자신의 누이와 최척을 결혼시킬 마음을 품고 있었다. 그리하여 의견을 물었더니 최척은 단호한 목소리로 거절했다.

"저는 온 집안이 왜적에게 변을 당했습니다. 늙으신 아버지와 허약한 아내가 살았는지 죽었는지 아직도 모릅니다. 이런 제가 어찌 아내를 얻고 편히 살 수 있겠습니까?"

여유문은 최척을 의로운 자라고 감탄하며 결혼 이야기를 더 이상 꺼내지 않기로 했다.

그해 겨울 여유문은 병으로 세상을 떠났다. 또다시 갈 곳이 없어진 최척은 강호를 떠돌며 명승지를 유람했다. 강산을 떠돌며 시를 읊고 구름과 물 사이를 배회하다 보니 속세를 버리고 싶은 마음도 들었다. 최척은 아예 산속에 들어가서 신선의 술법을 배우리라 마음먹었다.

그러던 차에 주우라는 사람을 마주치게 되었다. 항주 용금문 안에 사는 주우는 물건을 사고파는 일을 생업으로 삼고 있었다. 주우는 남에게 베풀기를 좋아하고 의리를 중요하게 여겼다. 그는 최척이 도술을 배우려고 한다는 소식을 듣고는 술을 들고 찾아왔다. 주우는 술잔을 기울이며 말했다.

"이 난세에 누구인들 그런 마음을 먹지 않겠나? 하지만 생각해 보게. 남은 인생이 얼마나 된다고 음식도 못 먹고 배고픔을 참으면서 산속에서 살고자 하나? 그러지 말고 나와 함께 다니세. 작은 배에 몸을 싣고 오나라와 초나라 땅을 오가며 비단과 차를 파는 거야. 이렇게 강호를 유랑하면서 남은 삶을 보낸다면 그편이 낫지 않겠나?"

최척은 주우의 말을 듣고 고개를 끄덕였다. 그리고 주우와 함께 떠나기로 마음먹었다.

•

두 사람은 마주 보고 놀라서 소리 지르며 끌어안고 모래밭을 뒹굴었다.

목이 메고 기가 막혀 아무 말도 할 수 없었다. 눈물이 다하자

피눈물이 흘러내려 서로 볼 수 없을 지경이었다.

•

다시 만나고
또다시 헤어지다

경자년(1600년) 늦은 봄의 일이다. 최척과 주우는 배를 타고 이 곳저곳 돌아다니며 차를 팔다가 안남*에 이르게 되었다. 마침 이 곳에 일본인 상선 10여 척도 정박하여 함께 머물게 되었다.

4월 보름이었다. 어둑한 밤하늘에는 구름 한 점 없었고 물은 비 단결처럼 빛났으며, 바람이 불지 않아 물결 또한 잔잔했다. 뱃사람 들은 모두 깊이 잠들었고 어디선가 물새만이 간간이 울고 있었다. 저쪽 일본 배에서 염불하는 소리가 은은히 들려왔는데, 그 소리가 무척 구슬프게 들렸다.

* **안남** 지금의 베트남 지역.

이때 최척은 홀로 선창에 기대어 있었다. 가만히 염불 소리를 듣고 있자니 자신의 신세가 더욱 처량하게 느껴졌다. 문득 감상에 젖어서 최척은 짐 꾸러미를 풀어 퉁소를 꺼내어 불기 시작했다. 하늘이 고요하고 구름이 천천히 걷히면서 애절한 가락이 맑게 퍼져 나갔다. 배 안에서 잠자던 사람들도 놀라 깨어났다. 그들은 처연하게 앉아 퉁소 소리에 조용히 귀를 기울였다.

바로 그때 염불하는 소리가 뚝 그치더니 조선말로 시를 읊는 소리가 들렸다.

왕자교가 퉁소를 부니 달도 내려와 들으려 하는데
바다처럼 푸른 하늘엔 이슬이 서늘하네.
때마침 날아가는 푸른 난새를 함께 타고서도
안개와 노을 가득하여 봉래산 가는 길 찾을 수 없네.

작고도 구슬픈 소리였다. 이윽고 시 읊는 소리가 그치더니 긴 한숨 소리가 들려왔다. 최척은 너무나 뜻밖이라 퉁소를 땅에 떨어뜨린 것도 깨닫지 못한 채 멍하니 서 있었다. 얼이 빠진 최척을 보고 주우가 물었다.

"자네 왜 그러나? 어디 안 좋은 곳이라도 있는가?"

최척은 아무런 대답도 하지 못하고 하염없이 눈물만 흘릴 뿐이었다. 한참이 지나 마음을 진정하고 말했다.

"조금 전 저 배 안에서 누군가 읊던 시 들었나? 그것은 본래 내 아내가 지은 것이라네. 게다가 시를 읊는 소리마저 아내의 목소리와 비슷하다네. 그러니 어찌 놀라지 않겠는가? 혹시 아내가 저 배 안에 있는 게 아닌지. 아아, 그럴 리는 없겠지만 정말 간절히 내 아내였으면 싶네."

최척은 주우에게 왜적의 습격을 당해 가족이 흩어졌던 일을 자세히 들려주었다. 배 안에 있던 사람들은 다들 자신의 일처럼 안타까워했다.

마침 그 자리에 두홍이라는 젊은 장정이 있었다. 그는 최척의 말을 듣더니 얼굴에 의기를 띠고 주먹으로 노를 치며 일어났다.

"내가 가서 알아보고 오겠소."

주우가 그를 막았다.

"이렇게 깊은 밤에 시끄럽게 굴면 괜히 난리가 날지도 모르네. 내일 아침에 조용히 물어봐도 늦지 않다네."

주위 사람들의 의견도 같았다.

"그럽시다."

최척은 한숨도 잠을 자지 못하고 어서 아침이 되기만을 기다렸다. 이윽고 날이 밝자, 최척은 일본인 상선 쪽으로 다가가 조선말로 물었다.

"혹시 어젯밤에 여기서 시조를 읊던 조선 사람 있습니까? 저도 조선 사람인데 한번 만나 보았으면 합니다. 고국 사람을 만나면 어찌 기쁘지 않겠습니까?"

옥영은 어젯밤 배 안에서 퉁소 소리를 들었다. 귀에 익은 곡조였기에 남편 생각이 절로 나 시를 읊었던 것이다. 옥영은 자기를 찾는 사람의 목소리를 듣고는 허둥지둥 뛰쳐나왔다. 옥영의 눈앞에 최척이 서 있었다. 두 사람은 마주 보고 놀라서 소리 지르며 끌어안고 모래밭을 뒹굴었다. 목이 메고 기가 막혀 아무 말도 할 수 없었다. 눈물이 다하자 피눈물이 흘러내려 서로 볼 수 없을 지경이었다.

이 모습을 구경하던 뱃사람들은 처음에는 둘이 친척이나 잘 아는 친구일 거라고 생각했다. 한참 뒤에 이들이 부부 사이라는 것을 알고는 다들 놀라며 감탄했다.

"참으로 기이한 일이다!"

"이것은 하늘의 뜻이니, 사람이 이룰 수 있는 일이 아니로다. 지금껏 들어 보지 못한 신기한 일이다."

최척은 옥영에게 그간의 소식을 물었다.

"산속에서 붙들려 강가로 끌려갔다는데 그때 아버님과 장모님

은 어떻게 되었소?"

옥영이 말했다.

"그걸 알면 얼마나 좋겠습니까. 날이 어두워진 뒤에 배에 오른데다 경황이 없어서 서로를 잃어버렸답니다. 저도 두 분이 어떻게 되셨는지는 모릅니다."

두 사람이 손을 붙들고 통곡하자 옆에서 지켜보던 사람들도 슬퍼하며 눈물을 닦았다. 한편 주우는 돈우를 만나 백금 세 덩이를 주며 옥영의 몸값을 치르고자 했다. 그러자 돈우가 얼굴을 붉히며 말했다.

"내가 이 사람과 함께한 지 벌써 4년이 되었습니다. 그의 단정하고 고운 마음씨를 아껴 지금껏 친자식처럼 생각해 왔지요. 함께 밥을 먹고 함께 잠을 자면서 잠시도 떨어진 적 없었지만, 여자인 줄은 꿈에도 몰랐습니다. 오늘 모든 사실을 알게 되니 참으로 감동스럽습니다. 내가 비록 어리석다 해도 어찌 이 사람의 몸값을 받을 수 있습니까?"

그러고는 즉시 주머니 속에서 은자 10냥을 꺼내 옥영에게 건네주었다.

"사우! 4년을 같이 살다가 하루아침에 이별하게 되니 슬픈 마음이 간절하구나. 그러나 자네가 고생 끝에 살아남아 다시 남편을 만나게 되었으니 이보다 기쁜 일이 있겠는가. 내가 그대를 막아서는 안 되겠지. 잘 가게. 부디 몸조심하길."

옥영은 두 손을 맞들어 올리며 감사의 뜻을 전했다.

"주인어른께서 보호해 주신 덕분에 지금까지 죽지 않고 살 수 있었습니다. 그것만으로도 은혜에 몸 둘 바를 모르는데, 이렇게 전별금*까지 주시니 진실로 그 은혜 잊지 않겠습니다. 백번 감사드립니다."

최척과 옥영은 배로 돌아왔다. 둘의 이야기를 듣고 구경을 오는 사람들이 많았다. 어떤 사람은 사연을 알고 나서 최척 부부에게 금은과 비단을 주기도 했다.

주우는 장사를 마치고 나서 집으로 돌아와 방 하나를 내주며 최척과 옥영에게 말했다.

"깨끗하게 청소해 두었으니 잠시 머무르시오. 당분간 둘이 살기에는 적당할 것이오."

아내를 다시 만난 최척은 크나큰 기쁨을 얻었다. 그러나 늙은 아버지와 어린 아들을 생각하면 눈물이 마르지 않았다. 늘 가슴 아파하며 언젠가 고향에 돌아갈 날을 묵묵히 기도할 따름이었다.

1년이 지나고 최척과 옥영은 또다시 아들 하나를 낳았다. 그런

* **전별금** 보내는 쪽에서 예를 차려 작별할 때에 떠나는 사람을 위로하는 뜻에서 주는 돈.

데 아이를 낳기 전날 밤, 이번에도 장륙불이 꿈에 나타나 말했다.

"아들의 등에 붉은 사마귀가 있을 것이로다."

최척 부부는 몽석이 다시 태어난 것으로 여겨 이름을 몽선(夢仙)이라고 지었다.

세월이 흘러 몽선도 청년이 되었다. 이제 몽선에게도 좋은 짝이 필요했다. 마침 이웃에 진씨의 딸 홍도라는 여인이 있었다. 홍도는 어려서 부모를 여의었다. 홍도의 아버지 위경은 유 장군을 따라 조선으로 싸우러 갔다가 지금껏 소식이 없었다. 어머니마저 일찍 세상을 떠나자 홍도는 이모 집에서 살게 되었다. 홍도는 아버지가 다른 나라에서 죽은 것을 마음 아파하며, 아버지 얼굴도 모르는 자기 처지를 한탄했다. 홍도의 소원은 아버지 시신을 모셔다가 장례를 치르는 것이었다. 하지만 여자의 몸이라 뜻을 이룰 마땅한 방법이 없었다. 그러던 차에 몽선이 아내를 구한다는 소식을 듣고는 이모에게 전했다.

"조선 사람 몽선과 혼인을 하고 싶습니다. 이모님께서 말씀을 넣어 주셔요. 저의 평생소원은 최씨의 아내가 되어 조선 땅에 가 보는 것입니다."

홍도의 뜻을 알고 있었던 이모는 최척을 만나 이야기를 나누고 혼인할 뜻이 있는지 물었다. 최척 부부는 매우 기뻐했다.

"그런 여인이 있단 말이오? 그 뜻이 참으로 가상합니다."

마침내 최척은 홍도를 며느리로 맞이했다.

최척은 그제야 눈앞의 청년이 자기 아들임을 알아차렸다.

"네가 정말 몽석이란 말이냐! 정말 그렇단 말이야!"

아들 **몽석**을
다시 만나다

　다음 해 기미년(1619년), 또 한 번 세상이 술렁였다. 후금*의 누르하치가 요양*에 쳐들어와 여러 진지를 함락시키고, 수많은 사람들을 죽인 것이다. 크게 분노한 명의 황제는 나라의 모든 병사를 동원해 후금을 토벌하는 데 온 힘을 기울였다.

　이때 소주(蘇州) 사람 오세영도 무관으로서 전쟁에 나가게 되었는데, 그는 여유문과 친분이 있던 터라 최척에 대해 알고 있었다.

　최척의 재주와 용맹함을 눈여겨보고 있었던 오세영은 최척을

＊ **후금**(後金) 중국에서, 1616년에 여진의 족장 누르하치가 세운 나라. 1636년에 '청'으로 이름을 고쳤다.

＊ 요양은 지금의 중국 요령성 요양시 일대이다.

서기(書記)로 삼아 데려가고자 했다.

최척은 여유문에게 진 신세가 많아 차마 오세영의 청을 거절할 수 없었다. 최척이 짐을 꾸리니 옥영이 눈물을 흘리며 말렸다.

"가지 마십시오. 우리가 얼마나 갖은 고생 끝에 목숨을 부지했습니까? 하늘의 도움으로 기적처럼 낭군을 만날 수 있었지요. 끊어진 거문고 줄을 다시 잇고, 깨진 거울을 다시 둥글게 합치듯 이미 끊어진 인연을 어렵사리 다시 맺었답니다. 게다가 아들까지 얻어 20년 동안 행복하게 살아왔지요.

아, 그런데 이제 다시 수만 리 떨어진 요양으로 가시려 합니까? 다시 돌아오기는 어려울 것입니다. 기약 없는 기다림 속에 저는 어찌 살라는 말인가요? 그럴 바에야 차라리 지금 이곳에서 생을 마치고자 합니다. 그렇게 해서 저를 그리워할 서방님의 마음을 끊고, 밤낮으로 겪을 저의 고통을 없애고자 합니다. 아아! 이제 영영 이별하게 되었군요."

말을 마친 옥영은 칼을 뽑아 스스로 목을 찌르려고 했다. 깜짝 놀란 최척은 다급히 칼을 빼앗았다.

"이게 무슨 짓이오? 내 말을 들어 보시오. 하찮은 오랑캐 무리가 어찌 대국*을 상대할 수 있겠소? 그것은 계란으로 바위를 치는

---

* 대국(大國) 예전에, 우리나라에서 중국을 이르던 말. 여기서는 명을 이른다.

것과 같소. 너무 걱정하지 마시오. 내가 공을 이루고 돌아오면 술
상을 차려 놓고 축하나 해 주시오. 게다가 몽선이 저리 늠름하게
자랐는데 무엇을 더 걱정하겠소?"

최척은 아내를 다독이는 한편, 아들 내외에도 어머니를 잘 모실
것을 당부했다. 그러고는 명나라 부대에 합류해 먼 길을 떠났다.

오랜 행군 끝에 최척을 포함한 명나라 군사는 요양에 이르렀다.
명나라 군사들은 함께 참전한 조선의 군대와 나란히 요령성 우모
령에 진을 쳤다. 그러나 후금은 만만한 상대가 아니었다. 명나라
장수는 후금을 가볍게 여기고 얕보다가 전쟁에서 크게 패했다. 그
런데 후금의 누르하치는 명군과 조선군을 다르게 대했다. 명나라
군사는 모두 죽였지만, 조선 군사들은 설득하거나 위협하거나 하
면서 단 한 명도 죽이지 않았다.

상황이 이러니 조선 진영으로 들어가서 조선 병사의 옷을 달라
고 애걸하는 명나라 군사들도 있었다. 조선 장군 강홍립은 그들에
게 남은 옷을 주어 죽음을 피할 수 있도록 도와주었다. 그러나 종
사관 이민환은 이러한 사실이 나중에라도 오랑캐에게 발각될까 봐
두려워, 다시 이들의 옷을 빼앗고 적진으로 보내 버렸다.

다행히 최척은 본래 조선 사람이었기 때문에 혼란스러운 틈을
타서 조선 병사들 속으로 숨어 들어갈 수 있었다. 죽임을 당할 위

기에서 가까스로 벗어난 것이다. 그러나 곧 강홍립은 투항하였고, 조선 병사들은 후금의 포로가 되었다. 최척 역시 포로가 될 운명을 피하지 못했다.

이때 최척의 장남인 몽석 역시 남원에서 무예를 익히고 조선 병사로 출전했다가 붙잡힌 상태였다. 후금은 포로들을 가두어 두었는데, 공교롭게도 최척과 몽석이 같은 곳에 갇히게 되었다.

처음에 아버지와 아들은 서로를 알아보지 못했다. 몽석은 최척이 말을 더듬는 것을 보고, 명나라 병사는 아닌지 의심했다.

'조선말을 할 줄 아는 명나라 병사가 죽임을 당할까 두려워 조선 사람 행세를 하는 것일지도 모르지.'

어느 날 몽석은 최척에게 어디서 왔느냐고 따져 물었다.

'후금의 첩자가 나를 조사하려나 보다!'

최척 역시 아들을 몰라보고 의심하며 말을 이리저리 돌렸다. 전라도, 충청도에 두루 있었다고 둘러대니 몽석은 이상하다고 생각했으나 더 캐물을 생각은 하지 않았다.

몇 달이 지나면서 최척과 몽석은 점차 가까워졌다. 둘 다 포로였기에 동병상련의 감정을 느끼게 되었던 것이다. 마침내 최척은 몽석에게 자신이 겪은 일들을 조금도 숨김없이 털어놓았다.

"정말 많은 일들이 있었지. 그렇게 가족들과 생이별을 했던 것이라네."

몽석은 가만히 최척의 이야기를 듣다가 갑자기 낯빛이 변하더니 이렇게 물었다.

"언제 아이를 잃으셨습니까? 아이 몸에 특이한 점은 없습니까?"

최척이 말했다.

"갑오년(1594년) 10월에 아이를 낳았고, 정유년(1597년) 8월에 잃어버렸다네. 아이 등 위에는 붉은 사마귀가 있는데 마치 어린아이 손바닥 같다오."

몽석은 아무 말 못 하며 온몸을 벌벌 떨었다. 그러더니 윗옷을 벗고 등을 내보이며 말했다.

"제가 바로 그 아들입니다!"

최척은 그제야 눈앞의 청년이 자기 아들임을 알아차렸다.

"네가 정말 몽석이란 말이냐! 정말 그렇단 말이야!"

최척은 아들을 부둥켜안으며 통곡했다. 곧 몽석을 통하여 아버지와 장모가 살아 있다는 사실도 알게 되었다. 둘은 며칠 동안이나 쉴 새 없이 이야기를 나누었으며, 껴안고 울기를 반복하며 기쁨을 나누었다.

마침 이곳 수용소를 감시하던 늙은 병사가 이 광경을 목격하였다. 어느 날 그가 몰래 찾아와 조선말로 물었다.

"며칠 전부터 당신들이 서로 붙들고 통곡하는 걸 보았다. 가슴

아픈 사연이 있는 듯한데, 대체 무슨 일이냐?"

최척과 몽석은 그가 비밀을 캐내려는 게 아닌가 싶어서 아무 말도 하지 않았다. 그러자 그 병사가 말했다.

"나를 두려워하지 마시오. 나는 본래 삭주(朔州) 지방의 병사였는데, 관리의 포악한 정치를 견디지 못해 이곳으로 들어왔다오. 여기 온 지 벌써 20년이 지났구려. 오랑캐 사람들은 성품이 진솔하고 가혹하게 수탈하는 일도 없소. 인생은 아침 이슬 같은 건데, 어찌 고초를 겪어야만 하는 고향에 얽매여 살겠소? 그래서 가족을 이끌고 이 나라로 왔던 것이오. 오랑캐 추장은 나에게 병사 80명을 주면서 조선 사람들이 달아나지 못하도록 감시하는 일을 시켰소. 그런데 당신들 사연을 들으니 참으로 슬프고도 감동적이구려. 나중에 내가 혼이 나더라도 당장은 당신들을 보내야겠소."

늙은 오랑캐는 식량을 건네고 샛길을 알려 주면서 둘을 달아나도록 도와주었다.

최척은 하루빨리 아버지를 뵙고 싶은 마음에 서둘러 남쪽으로 내려왔다. 하지만 탈주 생활은 쉽지 않았다. 최척의 등에 종기까지 나서 괴로웠지만 치료할 틈이 없었다. 그러다 충청도 땅에 이르자 종기가 더욱 심해져 더 이상 견디지 못할 지경에 이르렀다. 최척의 호흡은 실낱처럼 가늘어졌다. 최척은 거의 죽을 것처럼 숨을 헐떡

였고, 몽석은 초조한 마음에 이리저리 분주하게 돌아다니며 의원을 찾아다녔다.

때마침 신분을 숨기고 도망 다니던 중국 사람이 최척의 증세를 보고는 놀라서 말했다.

"어허, 큰일 날 뻔했습니다! 오늘 치료받지 않았다면 살기 힘들었을 것입니다."

중국 사람은 주머니에서 조그만 침을 꺼내어 최척의 등에 난 종기를 터뜨렸다. 그날 이후로 최척의 상태는 점점 좋아졌다.

드디어 최척은 아버지가 있는 고향으로 돌아올 수 있었다. 지팡이를 짚고 고향 마을로 한 발 한 발 걸어가는 최척의 가슴이 벅차올랐다.

그곳에는 최척의 아버지 최숙과 옥영의 어머니 심씨가 기다리고 있었다. 최숙과 심씨는 최척을 보고 마치 죽은 사람을 다시 본 것처럼 깜짝 놀랐다. 할아버지, 아들, 손자 삼대가 서로를 끌어안으며 목이 쉬도록 통곡했다. 특히 심씨는 딸을 잃어버린 뒤부터 마음을 잡지 못하고 오로지 몽석에게 의지하며 살았는데, 몽석마저 북쪽으로 가 버린 뒤로 상심하던 중이었다. 원정 갔던 조선 병사들이 모두 죽었다는 소문을 듣고는 끙끙 앓아눕기까지 했었다. 그런데 이렇게 최척과 몽석이 함께 오는 것을 보니, 감격스러운 마음을 감출 수 없었다. 심씨는 놀라고 기뻐서 미친 듯이 소리 지르며 허둥댔다.

"제 아내도 무사히 살아 있습니다. 더 이상 염려치 마십시오."

심씨가 가슴을 쓸어내리며 눈물을 글썽였다. 기쁨과 안도가 뒤섞인 눈물겨운 해후였다.

한편 몽석은 아버지의 병을 낫게 해 준 중국 사람에게 보답하기 위해 그를 데리고 왔다. 최척은 가족과 기쁨에 겨운 만남을 마치고 나서 중국 사람에게 감사의 말을 건넸다.

"이제야 감사의 말을 건넬 여유가 생겼습니다. 당신의 집은 본래 어디이며, 성함은 어떻게 되십니까?"

중국 사람이 대답했다.

"내 성은 진이고, 이름은 위경입니다. 집은 항주 용금문 안에 있습니다. 만력 25년*에 유 장군의 부대에 들어가 전라도 순천에 오게 됐지요. 하루는 제가 적을 정찰하다가 장군의 뜻을 어기게 되었습니다. 장군이 군법으로 다스려서 저를 처벌하려고 하기에 밤에 몰래 도망쳐 나왔지요. 그러다가 여기까지 이른 것입니다."

* '만력'은 명나라의 제13대 황제인 신종(神宗)의 연호를 말한다. 만력 25년은 1597년을 가리킨다. 이해에 정유재란이 일어났다.

최척은 진위경이라는 이름을 듣고 깜짝 놀라 물었다.

"혹시 아내와 자식이 있습니까?"

진위경이 말했다.

"집에 아내와 딸아이 하나만 있었답니다. 딸아이는 내가 떠나올 때 태어난 지 채 몇 개월도 지나지 않은 아기였지요."

"딸아이 이름이 무엇입니까?"

"아이가 태어나던 날, 마침 이웃 사람이 복숭아를 보내왔기에 이름을 홍도라 지었답니다."

최척은 황급히 그의 손을 잡으며 말했다.

"아, 참으로 놀랍구려. 당신은 나의 사돈입니다! 나는 항주에서 바로 댁의 이웃에 살았습니다. 댁의 부인께서는 신해년(1611년) 9월에 병으로 돌아가셨고, 홍도만 혼자 남게 되었지요. 홍도는 이모부 댁에서 자랐습니다. 내가 홍도를 아들과 결혼시켜 둘째 며느리로 삼았는데, 뜻밖에 여기서 사돈을 만나게 될 줄이야 누가 알았겠습니까!"

진위경은 기쁨을 감추지 못하면서도 한편으로는 슬픔에 젖어 눈물을 흘렸다.

"나는 지금껏 가족과 떨어져 침술로 생계를 유지하며 힘겹게 살아왔습니다. 이렇게 사돈을 만나다니 마치 고향에 온 듯한 기분이 듭니다. 제가 이곳으로 옮겨 올 테니, 서로 의지하며 사는 게 어떻습니까?"

몽석이 말했다.

"어르신께서는 아버지를 살려 주신 은인이십니다. 게다가 제 어머님과 동생이 어르신의 따님과 이미 한 가족을 이루었으니, 함께 사는 데 무슨 문제가 있겠습니까?"

그러고는 즉시 진위경을 최척의 집으로 옮겨 살게 했다.

이제 잃어버린 나머지 가족을 만날 차례였다. 몽석은 어머니가 살아 있다는 말을 들은 뒤로 명나라에 가서 어머니와 동생을 데려올 고민을 했다. 그러나 너무 멀리 떨어져 있었기에 마땅한 방법을 찾지 못했다.

•

"몽석 어멈 아닌가! 이게 꿈인가, 생신가? 아! 귀신인가, 사람인가?"

사람들은 다들 얼어붙은 듯 멈춰 서서 서로를 바라보았다.

그러다가 눈물을 흘리며 서로에게 달려들었다.

•

이제야 **온 가족**이
다 만나니

한편 항주에 있던 옥영은 출정한 명나라 군대가 패했다는 소식을 들었다. 옥영은 남편 최척 역시 죽었을 것이라는 생각에 밤낮으로 통곡했다. 절망한 옥영은 마침내 스스로 목숨을 끊기로 마음먹었다.

그런데 그날 밤 꿈속에 장륙불이 나타나더니 이렇게 말했다.

"죽어서는 안 된다! 나중에 반드시 기쁜 일이 있을 것이다."

잠에서 깬 옥영은 몽선에게 꿈 이야기를 해 주었다.

"내가 일본에 끌려갔을 때도 이런 꿈을 꾸었다. 죽는 게 낫겠다 싶었는데, 만복사의 장륙불이 꿈에 나타나 그러지 말라고 하셨다. 그로부터 10년 뒤 머나먼 안남 바닷가에서 네 아버지를 만났지.

이번에도 그때와 같은 꿈을 꾸게 되었구나. 네 아버지가 죽을 위기에서 벗어난 것 아니겠느냐?"

몽선이 말했다.

"어머니, 맞는 말씀입니다. 소문을 들으니, 오랑캐 추장이 중국 병사들은 다 죽였지만 조선 사람들은 살려 두었다고 합니다. 아버님은 틀림없이 살아 계실 겁니다."

옥영은 굳은 결심을 한 듯 천천히 말했다.

"요양에서 조선 국경까지는 열흘 정도면 닿을 수 있는 거리이다. 네 아버지가 무사히 살아 있다면 분명 아버님을 찾아 조선으로 돌아가려고 하셨을 거야. 그러니 내가 조선에 가야겠다. 네 아버지가 혹시라도 죽임을 당하셨다면, 내가 몸소 시신을 찾고 장례를 치러야지. 월나라 새는 항상 남쪽 나뭇가지에 깃들고, 오랑캐 땅의 말은 항상 북풍만 불면 운다는 옛말도 있지 않느냐? 짐승도 이러한데 사람은 얼마나 고향이 그립겠느냐? 나 또한 고향에 대한 그리움에 하루하루 눈물뿐이구나. 늙으신 시아버님, 홀어머니와 순식간에 이별하고 어린 아들마저 잃어버린 채, 가족의 생사조차 모르다니."

몽선과 홍도는 묵묵히 어머니의 말을 들었다. 옥영은 눈물을 닦으며 말을 이어 나갔다.

"얼마 전 일본 상인들의 말을 들으니, 포로가 된 조선 사람들을 연이어 풀어 주고 있다는구나. 이 말이 사실이라면 희망을 가져야 하지 않겠느냐? 혹여나 네 할아버지와 아버지가 타지에서 죽었다면 이제 누가 조상들의 묘소를 돌보겠느냐? 아들아, 이곳에서 조선까지는 수로로 불과 이삼천 리밖에 되지 않는다. 하느님께서 돌보시어 혹 순풍을 만나게 된다면 생각보다 훨씬 빨리 조선에 도착할 수 있을 것이다. 나는 이미 마음을 정했느니라. 너는 배를 한 척 사고 식량을 준비하거라."

몽선이 울면서 옥영을 말렸다.

"어머님께서는 어찌 그런 말씀을 하십니까? 바다를 순조롭게 건널 수만 있다면 얼마나 좋겠습니까? 그러나 드넓은 푸른 바다를 작은 배로 항해할 수는 없습니다. 바람과 파도가 어떠한 재앙을 일으킬지 예측할 수 없고, 해적들도 도처에서 사납게 굴고 있습니다. 어머니와 제가 물에 빠져 죽는다면 돌아가신 아버님께 어떤 도움이 되겠습니까? 감히 거절하는 말씀을 올리는 제 마음도 알아주셨으면 합니다."

그러자 곁에 있던 홍도가 남편에게 말했다.

"어머님 말씀을 막지 마세요! 그 말씀이 진실로 이치에 맞거늘 여러 어려움을 따져서 무엇하겠습니까? 또 어머님께선 단단히 마음을 정하셨는데 무엇이 두렵습니까?"

옥영은 고개를 끄덕였다.

"험한 물길이라면 이미 경험한 적이 있다. 옛날 일본에 있을 때 배를 집으로 삼아 봄에는 대국에서, 가을에는 유구*에서 장사를 했단다. 그래서 나는 거대한 파도에 익숙하고, 별이나 조수*의 흐름을 살필 수 있을 정도로 경험이 풍부하다. 험난한 파도도 내가 맡을 것이고, 배의 안전도 내가 지키겠다. 설령 불행한 일이 생기더라도 어찌 벗어날 방도가 없겠느냐?"

옥영은 그날부터 조선과 일본 두 나라의 옷을 준비하고, 아들과 며느리에게 두 나라 말을 가르쳤다. 또한 날마다 몽선에게 배를 타는 데 필요한 상식들을 가르쳐 주었다.

"항해의 성공은 오로지 돛과 노에 달려 있다. 돛은 촘촘히 기워야 하고 노는 견고해야 한다. 또한 없어서 안 될 것이 있으니 바로 나침반이다. 항해할 날짜는 내가 정할 것이니 준비에 소홀함이 없도록 해라."

어머니 말대로 준비를 하면서도 몽선은 때때로 뒤에서 불평을 늘어놓았다.

"너무나 위험한 일이오. 당신은 어찌 그리 쉽게 찬성했단 말이오? 어머니를 위험으로 몰아넣을 생각이오?"

* **유구**(琉球) 지금의 일본 오키나와.
* **조수** 달, 태양 따위의 인력에 의하여 주기적으로 높아졌다 낮아졌다 하는 바닷물.

홍도가 말했다.

"어머님께선 온 정성으로 이 계획을 세우셨습니다. 막을 수가 없지요. 혹여나 괜히 말렸다가 나중에 후회하는 것보단 어머님 말씀을 순순히 따르는 게 좋을 듯합니다."

"그래도……."

"제 사사로운 마음을 어찌 말로 다 이를 수 있겠습니까? 제가 태어난 지 몇 개월 만에 아버지는 전쟁터에서 돌아가셨습니다. 아마도 머나먼 타국에 뼈를 드러내 놓은 채 잡초에 뒤엉켜 있겠지요.

그래도 희망은 있습니다. 길거리에서 들으니, 전쟁에서 패배한 병사들 가운데 조선에 남아 떠도는 사람들이 많다고 합니다. 설령 아버지가 돌아가셨다 해도 서방님의 힘으로 조선에 도착해 그 영혼을 위로할 수 있다면, 저는 이제 죽더라도 여한이 없답니다."

홍도는 말을 마친 뒤 흐느껴 울었다. 몽석은 어머니와 아내의 뜻을 바꿀 수 없다는 사실을 깨닫고 떠날 준비를 단단히 했다.

드디어 경신년(1620년) 2월 초하루에 닻을 올려 출항하기로 했다. 출발할 날짜가 결정되자 옥영은 아들에게 말했다.

"조선은 동남쪽에 있으니 반드시 북서풍을 기다려야만 한다. 너는 노를 단단히 잡고 나의 지시를 따르도록 해라."

드디어 깃대에 깃발을 달고 나침반을 뱃머리에 설치했다. 모든 준비가 완벽히 끝났다. 바람이 공중에서 일더니 깃발이 동남쪽을

향해 펄럭였다. 세 사람이 힘을 다해 돛을 올리자, 배가 밤낮없이 파도를 가로지르며 질주했다. 푸른 망망대해에 떠 있는 섬들을 지나쳐서 앞으로 나아갔다.

하루는 명나라의 경비선을 만났다. 그들이 물었다.

"어느 지방의 배냐? 어디로 가느냐?"

옥영이 대답했다.

"저희는 항주 사람입니다. 차를 사기 위해 산동으로 가는 중입니다."

며칠 뒤에는 일본 배를 만났다. 옥영은 얼른 일본인 옷으로 갈아입고 대비를 했다.

"너희들은 어느 지방 사람이며, 어디에서 왔느냐?"

옥영이 일본어로 대답하였다.

"고기를 잡으러 왔다가 풍랑을 만나 표류하게 되었습니다. 항주에서 다시 배를 사서 돌아가는 중입니다."

"고생이 많소! 여기서 일본까지는 얼마 안 되니 좀 더 남쪽으로 가시오."

이날 바람이 심하게 불었다. 해가 저물자 푸른 파도가 하늘 높이 치솟아 올랐다. 또한 구름과 안개가 사방에 가득하여 한 치 앞을 볼 수 없었다. 노는 부러지고 돛은 찢어져 어디로 가야 할지 방향조차 알 수 없었다. 깜짝 놀란 몽선 부부는 자리에서 엎드려 뱃

멀미를 했지만, 옥영은 의연하게 앉아 하늘을 바라보며 말없이 기도했다. 이윽고 밤이 되면서 풍랑이 잦아들고 조그만 섬에 도착하게 되었다.

배를 수리하기 위해 그 섬에 며칠 머물러 있을 때였다. 바다 한가운데서 배 한 척이 옥영 쪽으로 다가오는 것이 보였다. 옥영은 얼른 배 안에 있는 장비를 모두 바위 동굴에 숨겼다.

잠시 후 뱃사람들이 시끄럽게 떠들면서 내려왔다. 그들은 중국말을 하는 듯했다. 가만 보니 창이나 칼 같은 무기는 갖고 있지 않았다. 그러나 그들은 곧 몽둥이로 옥영 가족을 위협하면서 가진 것을 내놓으라고 협박했다. 옥영이 중국말로 대답했다.

"저는 중국 사람입니다. 고기를 잡기 위해 바다에 나왔다가 표류해 이곳까지 떠내려왔지요. 우리는 가진 것이 없습니다."

옥영은 눈물을 흘리며 제발 돌아가게 해 달라고 빌었다. 그러자 그들은 배만 빼앗아 자기들 배 뒤에 묶어 가 버렸다. 옥영이 몽선 부부에게 말했다.

"우리가 해적을 만났구나! 조선과 중국 사이에 해적들이 사는 섬이 있다고 한다. 그들은 수시로 출몰해 재물을 약탈해 가지만 사람을 죽이지는 않는다지. 아까 그자들이 해적임이 분명하다. 아아, 내가 아들의 말을 듣지 않고 억지로 떠났다가 이런 낭패를 당하게 되었구나. 이미 배와 노를 잃었으니 무엇을 할 수 있겠느냐? 어두운 하늘과 드넓은 바다를 날아서 건널 수도 없지 않느냐? 몸을 실을 뗏목도 없으니 오로지 죽기만을 기다릴 수밖에 없구나. 나야 이미 죽은 목숨과 다름없지만, 나 때문에 죽게 된 너희 부부를 볼 면목이 없구나."

옥영은 아들 내외를 부둥켜안고 구슬프게 울었다. 절망한 옥영이 해안으로 올라 바다에 뛰어들려 하자, 몽선 부부가 간신히 붙잡았다. 옥영은 몽선을 돌아보며 말했다.

"겨우 3일 먹을 식량밖에 남지 않았다. 살아남은들 무얼 할 수 있겠느냐?"

몽선이 말했다.

"어머니, 식량이 다 떨어진 뒤에 죽더라도 늦지 않습니다. 그 사이에 살길이 생길 수도 있고요."

몽선은 옥영을 부축하고 언덕을 내려와 바위 동굴에 엎드려 쉬게 했다.

이때 잠든 옥영은 다시 장륙불을 만났다.

"거참 기이하다. 이번에도 장륙불이 나타나 전과 같은 말을 하더구나."

세 사람은 서로를 마주 보며 말없이 기도를 올렸다.

며칠 뒤 멀리서 돛단배가 둥둥 떠오는 것이 보였다. 몽선이 깜짝 놀라 외쳤다.

"예전에 보지 못하던 배입니다. 저 배는 왜 여기에 오는 것이지요?"

옥영은 머리를 들고 배를 보더니 안도하며 기뻐했다.

"겁내지 말거라. 이제 우리는 살았다. 저것은 조선인의 배다. 기다려 보면 알게 될 것이다."

옥영은 버드나무를 태워 연기를 내고 언덕에 올라 옷을 흔들었다. 그리고 조선인 옷으로 갈아입은 뒤 바위 위에 서 있었다. 조선 사람들은 배를 멈추고 물었다.

"당신들은 어떤 사람들인데 이런 외딴섬에 와 있소?"

옥영이 대답했다.

"우리는 한성의 양반이오. 나주로 내려가다가 갑자기 풍파를 만나, 배가 뒤집히고 사람들은 물에 빠져 죽었습니다. 겨우 우리 세 사람만 돛대를 끌어안고 표류하다가 이곳에 이르렀습니다."

뱃사람들이 불쌍하게 여겨 세 사람을 태워 주었다.

"이 배는 통영으로 음식물을 싣고 가는 배입니다. 관가의 일정이 정해져 있어 한양으로 돌아갈 수는 없습니다."

며칠 뒤 순천에 이르러 뱃사람들은 배를 정박하고 세 사람을 내려 주었다. 때는 경신년 4월이었다. 옥영 일행은 엿새 동안 걸어서 남원에 도착했다. 옥영은 전쟁 중에 모두 죽었으리라 생각했으나, 그래도 옛 집터에 한번 가 보아야겠다고 마음먹었다.

금석교에 이르자 저 멀리 보이는 성곽이며 집들이 예전과 다름없었다. 옥영은 감회에 젖어 손가락으로 한곳을 가리키며 몽선에게 말했다.

"저기가 바로 예전에 살던 집이란다. 지금은 누가 살고 있는지 모르겠구나. 오늘 저곳에서 하룻밤 신세 지면서 앞으로 어찌할지 생각해 보자."

옥영 일행은 문 앞에 이르렀다. 마침 그때 최척은 그의 아버지와 버드나무 아래 앉아 있었다. 옥영이 가까이 다가가서야 비로소 자기 남편임을 깨달았다. 최척도 자기 아내와 아들이 왔음을 깨닫고 크게 소리쳤다.

"몽석 어멈 아닌가! 이게 꿈인가, 생신가? 아! 귀신인가, 사람인가?"

사람들은 다들 얼어붙은 듯 멈춰 서서 서로를 바라보았다. 그러다가 눈물을 흘리며 서로에게 달려들었다. 시아버지와 며느리, 남편과 아내, 아버지와 아들, 형제가 부둥켜안으며 구슬프게 통곡했다. 진위경도 와서 자기 딸을 껴안았고, 심씨는 허둥지둥 달려 나와 옥영을 끌어안으며 울다가 기절하고 말았다. 모두 이것이 꿈인지 생시인지 모를 정도로 슬픔과 기쁨을 억누르지 못했다.

통곡 소리를 들은 이웃 사람들이 구름처럼 몰려들었다. 이웃들은 처음에는 여럿이 모여 기이한 놀이를 한다고 생각했지만, 옥영과 홍도의 사연을 알게 되고는 깜짝 놀랐다. 사람들은 최척 가족을 축하해 주었고, 이 소문은 사방으로 퍼졌다.

옥영이 최척에게 말했다.

"우리가 오늘 이처럼 만난 것은 장륙불께서 은혜를 베푸셨기 때문입니다. 그러니 어찌 보답하지 않을 수 있겠습니까?"

이에 최척과 옥영은 두 아들과 며느리들을 이끌고 만복사로 가서 성의를 다해 재*를 올렸다. 이후로 최척과 옥영은 부모님을 봉양하고, 자식과 며느리를 보살피며 서문 밖 옛집에서 행복하게 살았다. 사돈 진위경도 홍도에게 의지하여 최척의 집에 함께 살면서 동고동락하였다.

남원 지방의 한 관리가 이 이야기를 상소로 올리자 조정에서는 최척에게 특별히 벼슬을 주고, 옥영은 정렬부인*에 봉했다. 2년 뒤에는 몽석과 몽선 두 형제가 모두 무과에 급제했다. 후에 몽석은 관직이 호남 병마절도사에 이르렀으며, 몽선은 해남 현감이 되었다. 이때까지도 최척 부부는 모두 살아서 자식들의 영광스러운 봉양을 받았다.

---

* **재** 불교에서 공양을 올리면서 행하는 종교 의식.
* **정렬부인** 조선 시대에, 정조와 지조를 굳게 지킨 부인에게 내리던 칭호.

아! 아버지와 아들, 남편과 아내, 시아버지와 장모, 형과 아우가 네 나라에 흩어져 30년 동안이나 그리워하다니! 적의 나라에서 위험한 상황을 몇 번이나 겪었지만, 마침내 다시 모였으니 뜻대로 이루지 못한 일이 없다. 이 어찌 사람의 힘으로 이룰 수 있는 일이겠는가! 필시 그들의 지극정성에 감동한 하늘이 이루어 준 것이리라. 하늘은 한 여인의 갸륵한 정성을 저버리지 않는구나.

내가 남원 주포에 살고 있을 때, 최척이 나를 찾아와 자신이 겪은 일을 말해 주며 이를 기록해 달라고 부탁하였다. 내가 들은 기이한 일이 혹시나 잊힐까 염려하여 대략 그 줄거리만을 기록하였다.

신유년(1621년) 윤2월, 소옹(素翁) 조위한이 쓰다.

최
척
전

물음표로
따라가는
인문학 교실

고전으로 인문학 하기

고전을 읽으며 생겨나는 여러 질문에 답하며,
배경지식을 얻고 인문학적 감수성을 키워요.

고전으로 토론하기

고전을 다양한 시각으로 바라보며,
다르게 생각하는 힘을 길러요.

고전과 함께 읽기

함께 소개하는 다양한 작품을 통해,
인문학적 사고의 폭을 넓혀요.

고전으로 인문학 하기

● 전쟁은 일상을 어떻게 바꿀까?

　　《최척전》은 1621년(광해군 13년)에 조위한(1567~1649년)이 지은 소설입니다. 조위한이 살았던 16세기 말부터 17세기 초까지는 혼돈의 시대였어요. 1592년에는 임진왜란이, 1597년에는 왜군이 다시 쳐들어오는 정유재란이 일어납니다. 그런가 하면 1619년에는 요동에서 후금과 명나라 사이에 전투가 있었지요. 조선에서 일어난 전쟁이 아니니 상관없지 않냐고요? 당시 조선은 명의 요청으로 약 2만 명의 군대를 파병해야 했습니다. 하지만 명은 패배했고, 조선 군사들은 대부분 포로가 되었지요. 이 전투를 기점으로 명은 쇠

하고 청이 중국 대륙을 호령하게 됩니다.

이어서 1627년(인조 5년)에는 후금이 쳐들어오는 정묘호란이 일어났고, 1636년(인조 14년)에는 후금이 청으로 이름을 바꾼 뒤에 조선을 침략한 병자호란이 일어나지요. 말 그대로 전쟁의 격랑에 휩싸인 시대였습니다. 《최척전》은 이 시대를 배경으로 실제 일어난 역사적 사건들을 담고 있답니다. 전쟁의 참상이 곳곳에 잘 드러나 있지요.

그런데 여기서 한 가지 묻고 싶습니다. 여러분은 '전쟁'의 반대말이 무엇이라고 생각하나요? 아마 많은 이들이 '평화'를 떠올릴 것입니다. '휴전'이나 '화해'를 이야기할 수도 있겠네요.

모두 좋습니다. 그런데 저는 전쟁의 반대말은 거창한 게 아닌, 그저 '일상'이라고도 할 수 있지 않을까 생각해 봅니다. '일상'은 말 그대로 '날마다 반복되는 생활'을 뜻합니다. 부모님이 해 주시는 아침밥, 교실에서 웃고 떠들면서 장난치는 친구들, 종이 치자마자 식당으로 후다닥 달려가는 점심시간, 침대에 누워서 스마트폰으로 보는 유튜브……. 전쟁은 어쩌면 이런 사소하지만 소중한 것들을 우리 삶에서 송두리째 빼앗는 것을 의미할지도 모릅니다.

왜적들은 연곡사로 쳐들어가는 길이었다. 왜적들은 그곳의 모든 것을 약탈해 갔다. 최척 일행은 길이 막혀 3일 동안이나 오도 가도 못 하고 숨어 있었다. 왜적이 물러갈 때까지 기다렸다가 겨우 연곡사로 되돌아갈 수 있었다. 그러나 연곡사에 이르니 참혹한 광경이 펼쳐졌다. 시체가 가득 쌓여 있고 피가 흘러 강을 이루고 있었으며 여기저기서 신음 소리가 들려왔다. 최척의 가족이 어찌 되었는지도 알 수 없었다. 상처를 입고 쓰러져 있던 노인들이 최척을 보고 통곡하며 말했다.

"왜적이 재물을 약탈하고 사람들을 베어 죽였다네. 아이들과 여자들은 전부 끌고 갔다오. 자네 가족을 찾고 싶으면 물가에 가 보게나."

• 39~40쪽 중에서

전쟁이 일어나면 사람들은 비일상과 마주하게 됩니다. 밤마다 연락을 주고받던 친구, 다툼과 화해를 반복하며 미운 정 고운 정  든 형제가 갑자기 사라져 버릴 수 있지요. 나를 아끼고 사랑해 주시던 부모님 역시 어느 순간 싸늘한 주검으로 변해 버릴지도 모릅니다. 학교나 학원처럼 우리에게 친숙한 공간도 황폐한 잿더미가 될 수 있지요.

조선 시대에는 실제로

그런 일이 있었습니다. 평온하게 살던 곳에 누군가 침략해 와서 주변이 비명과 공포, 슬픔과 눈물로 가득 찼지요. 전쟁의 가장 큰 피해자는 평범한 백성이었습니다. 이들은 전쟁에 끌려 다니며 가족과 생이별을 겪었어요. 집과 재산을 잃고, 헐벗은 채로 굶주리다가 죽기도 했습니다. 《최척전》은 이러한 전쟁의 비참한 모습을 사실적으로 보여 준답니다.

● 작가의 삶과 《최척전》이 닮아 있다고?

문학 작품을 감상하는 방법에 '표현론적 관점'이란 것이 있습니다. 이것은 '작가'에 초점을 두고 작품을 감상하는 것으로, 작가의 삶이나 생각, 감정 등과 관련지어 작품을 이해하는 방법을 말합니다. 이번에는 작가 조위한의 삶을 되짚어 보며 《최척전》을 읽어 봐요.

조위한은 임진왜란부터 병자호란까지 민족 수난의 전쟁을 두루 겪은 사람입니다. 그는 부인 홍씨와 결혼하고 첫딸을 얻었지만, 26살이 되던 해에 임진왜란이 일어나 피란지인 남원에서 딸을 잃었지요. 2년 뒤에는 어머니 역시 세상을 떠납니다. 정유재란이 일어나던 때는 아내까지 잃었지요. 이때 조위한의 나이는 31살이었어요. 전쟁으로 인해 가족을 잃은 슬픔을 어찌 말로 설명할 수 있겠어요. 비통과 좌절 속에 그는 고국을 떠나 명나라로 갈 계획을 세우기도 합니다.

　조위한은 청년 시절 내내 전국 각지로 피란 다니다가 나이 서른
이 훌쩍 넘어서야 비로소 관직에 오릅니다. 그러나 벼슬길 역시 순
탄치 않았습니다. 그는 계축옥사(1613년 대북파가 영창 대군 및 반대파
세력을 제거하기 위하여 일으킨 사건)에 연루되어 벼슬에서 쫓겨나지요.
그리고 전북 남원으로 내려와 은거하면서 《최척전》을 지었답니다.

　이 작품은 그의 생애와 닮아 있습니다. 소설에 나오는 전란으로
인한 가족과의 이별, 슬픔과 방황은 모두 조위한이 실제로 겪었던
일이지요. 작가 조위한은 자신이 겪은 아픔을 작품에 고스란히 투
영한 것이랍니다.

하지만 작품의 결말 부분은 실제와 큰 차이를 보입니다. 《최척전》은 어려움을 극복하며 모든 가족이 만나는 것으로 끝나니까요. 이는 작가의 강렬한 소망이 반영된 것으로 볼 수 있답니다. 전쟁 때문에 폐허가 된 삶을 사는 이들에게 《최척전》의 결말은 희망이었을 테니까요.

●《최척전》의 매력은 무엇일까?

다른 고전 소설들과 비교하여 《최척전》은 나름의 독특한 매력과 의의를 지니고 있어요. 먼저 보통 사람의 이야기를 다루었다는 데 의미가 있답니다. 《홍길동전》, 《심청전》, 《춘향전》, 《구운몽》……. 우리가 잘 아는 고전 소설들이지요. 이 소설들의 주인공들은 대체로 뛰어난 능력이나 외모의 소유자인 경우가 많습니다. 하지만 《최척전》에는 특별한 재능을 가진 인물이 없습니다. 적장을 베거나 왕을 구하는 영웅도 없고요. 전쟁 속에서 살아남기 위해 애쓰는 최척이나 옥영은 평범한 인물로 보입니다. 우여곡절 끝에 가족을 만나 펑펑 우는 그들을 보면 왠지 공감되지 않나요? 우리 역시 전쟁을 두려워하는 보통 사람이잖아요.

그런가 하면 《최척전》은 공간적 배경이 매우 넓게 설정된 '글로벌한' 작품이에요. 물론 조선과 중국을 무대로 삼은 소설은 《최척전》 이전에도 많았어요. 하지만 《최척전》은 이를 넘어 일본과 베트남 등 동아시아 전체를 배경으로 하지요. 이는 전쟁이 얼마나 광범위한 곳까지 영향을 미쳤는지를 보여 줍니다. 또한 이별과 만남을 보다 극적으로 느껴지게 하지요.

무엇보다도 《최척전》은 전쟁을 새로운 시각으로 바라보고 있답니다. 당시 유행했던 전쟁 소설에는 《임진록》, 《박씨전》 등이 있지요. 이들 작품은 실제 사건을 다루지만 사실 그대로를 담지는 않았습니다. 오히려 전쟁에서 패한 역사적 사실을 바꾸어 조선을 승리한 나라로 그렸지요. 소설을 읽은 사람들이 전란의 상처를 치유하고 위안을 얻기를 바랐기 때문일 것입니다.

하지만 《최척전》은 조금 다릅니다. 작가는 역사적 사실을 왜곡하지 않았습니다. 게다가 적에 대해서도 무조건 적대감을 드러내지 않았지요. 오히려 소설에서는 왜적 돈우가 최척을 도와주는 것으로 나옵니다. 전쟁 때문에 딸과 어머니를 잃은 조위한의 입장에서는 왜적에 대해 분노할 수밖에 없었을 텐데, 왜

이런 인물을 등장시켰을까요?

여기에서 조위한이 전쟁을 보는 균형 잡힌 시선을 가졌음을 느낄 수 있습니다. 작가는 전쟁을 일으킨 나라의 사람들 역시 피해자일 수 있다고 생각했습니다. 죄의식 없이 약탈과 살인을 일삼는 이들도 있지만, 어쩔 수 없이 군대에 끌려와 원치 않는 살육을 겪은 경우도 많으니까요. 전쟁은 피해 국가뿐만 아니라 가해 국가의 국민에게도 비극인 셈입니다.

마지막으로 몽석과 홍도의 결혼 역시 흥미롭습니다. 당시 외국인과의 결혼은 무척 드물었습니다. 그런데 《최척전》에는 국제결혼 이야기가 나오지요. 중국인 홍도는 아버지를 만나기 위해 조선으로 떠난 당찬 여인으로 그려집니다. 작가는 고정 관념을 깨고, 전쟁을 함께 겪은 이민족 간의 인간애를 표현해 냈지요.

● 《최척전》의 진짜 영웅은 옥영이라고?

우리가 잘 아는 고전 소설 속 여성을 한 번 떠올려 봐요. 《춘향전》의 춘향은 고난을 이겨 내고 사랑하는 사람과 결혼합니다. 《박씨전》의 박씨 부인은 뛰어난 능력으로 청군을 무찌르는 데 성공하지요. 《채봉감별곡》에

서 채봉은 벼슬아치의 첩이 되길 거부하며 자기 운명을 스스로 개척합니다. 모두 능동적이고 주체적인 주인공들이지요.

《최척전》의 옥영도 여기 빠질 수 없습니다. 옥영은 여러 면에서 당시 여성들과 달랐어요. 옥영이 처음으로 최척을 만난 곳 기억하나요? 옥영은 정 생원 집에 공부하러 와 있던 최척을 만나는데요. 오랫동안 최척의 됨됨이를 살핀 뒤 쪽지를 보냈지요.

떨어지는 매실을 광주리를 기울여 모두 담노라.
나를 찾는 선비여, 어서 말씀하세요.

이 구절은 유학 경전 중 하나인 《시경》에 수록된 〈표유매(摽有梅)〉에 나옵니다. 여기서 매(梅)는 매실인데요. 예전에는 매실을 남녀의 결합을 상징하는 과일로 여겼답니다. 매실이 익을 때쯤에 매화나무 숲에 남녀가 모여 좋아하는 상대에게 매실을 던지며 애정을 표현했다는 기록도 있지요. 즉, 옥영은 이 편지를 통해 최척에 대한 자기 마음을 드러낸 겁니다. 구혼의 뜻을 담아서요. 요즘엔 여자가 먼저 고백하는 게 낯선 일이 아니지만, 당시로서는 파격적이고 대담한 행동이었습니다. 또 용기 있는 행동이기도 하지요.

최척도 옥영이 마음에 들었습니다. 하지만 둘의 결혼은 순탄치 않았습니다. 옥영의 어머니가 최척이 가난하다는 이유로 결혼을 반대했기 때문이에요. 하지만 옥영 역시 가만있지 않았습니다.

"제가 그동안 최생을 몰래 살펴보았습니다. 그는 하루도 빼놓지 않고 매일 외삼촌께 와서 성실하게 배웠답니다. 이것만 보아도 그는 경박하거나 방탕한 사람이 아니지요. 그를 배필로 삼을 수 있다면 저는 죽어도 여한이 없습니다. 비록 그가 가난하다고 해도 저는 개의치 않습니다. 가난한 것은 선비의 본분이고, 떳떳하지 못한 재물은 뜬구름과 같은 것이지요. 어머님께 부탁드리니, 최생으로 마음을 정하셔서 제 소원을 이루어 주세요. 처녀가 제 입으로 할 말은 아니지만, 저의 운명과 관련된 것이에요. 부끄러워하면서 침묵을 지키고 있다가 어리석은 사람에게 시집가서 일생을 그르쳐 버릴 수는 없습니다." • 25~26쪽 중에서

결혼은 인생의 중대한 문제인데, 아무 말도 못 하고 있다가 일생을 망칠 수는 없다고 옥영은 말하지요. 옥영의 말에는 결연한 의지가 담겨 있습니다. 혼사 당사자보다 부모의 결정이 우선시되던 조선 사회에서 이런 모습은 주목할 만하지요.

옥영은 결혼을 주도했을 뿐만 아니라, 뒷날 가족의 재회도 이끌었지요. 만약 여러분이 전쟁 통에 가족과 헤어졌다고 생각해 보세요. 엄청난 좌절감을 느끼며 슬퍼했을 겁니다. 또 어찌 대처할지 몰라 당황했겠지요. 그러나 옥영은 위기의 순간에 무엇을 해야 하는지 정확히 알고 있었습니다.

연약한 남자로 변장한 옥영은 배에서 밥 짓는 일을 맡습니다. 그렇게 오랜 세월을 견뎌 내다가 결국 남편과 재회하게 되었지요. 삶의 의지를 포기하지 않고, 지혜를 발휘하며 자기 운명을 개척하는 모습이 인상적입니다.

게다가 최척과 두 번째 이별을 하게 되었을 때는 보다 적극적인 자세를 보입니다. 전쟁에 참전한 남편의 소식이 없자 그녀는 찾아 나서기로 하지요.

"너는 배를 한 척 사고 식량을 준비하거라. ……중간 생략…… 험한 물길이라면 이미 경험한 적이 있다. 옛날 일본에 있을 때 배를 집으로 삼아 봄에는 대국에서, 가을에는 유구에서 장사를 했단다. 그래서 나는 거대한 파도에 익숙하고, 별이나 조수의 흐름을 살필 수 있을 정도로 경험이 풍부하다. 험난한 파도도 내가 맡을 것이고, 배의 안전도 내가 지키겠다. 설령 불행한 일이 생기더라도 어찌 벗어날 방도가 없겠느냐?"

• 77~78쪽 중에서

'여필종부(女必從夫)', '삼종지도(三從之道)'라는 말이 있습니다. 여필종부는 '아내는 반드시 남편의 뜻을 좇아야 한다.'라는 뜻이고, 삼종지도는 '여자는 어려서 아버지를 따르고 시집가서는 남편에게 순종하고, 남편이 죽은 뒤에는 아들을 따라야 한다.'라는 말이지요. 이런 말들은 조선 시대 여성이 무엇을 요구받았는지 잘 보여 줍니다. 여성은 소극적이고 순종적이어야 했지요.

하지만 옥영은 달랐습니다. 옥영은 마음먹은 것을 실행에 옮기는 용기와 결단력을 지녔지요. 그랬기에 남편이 살아 있을 것이라고 확신하며 조선으로 향할 수 있었습니다. 그 과정에서 그녀의 선견지명과 주도면밀함이 빛을 발했지요.

옥영이 아니었다면 최척은 가족과 재회할 수 없었을 것입니다. 그녀의 능동성과 주체성은 이 작품을 행복한 결말로 이끄는 원동력이었지요. 작품 제목을 《옥영전》이라고 지어도 손색없을 정도랍니다.

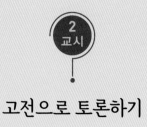

고전으로 토론하기

● 가족이 재회할 수 있었던 비결은 무엇일까?

생각 주제 열기

《최척전》은 가족에 대한 이야기입니다. 작품 전반부에는 최척과 옥영이 어려움을 무릅쓰고 가족을 이루는 이야기가 나옵니다. 나중에는 최척 가족에게 더 큰 문제가 기다리고 있었습니다. 전쟁. 그것은 거대한 소용돌이처럼 가족을 비극으로 몰아넣었지요. 개인으로선 도저히 어찌할 수 없는, 세상의 횡포였습니다. 다행히 최척과 옥영은 결국 살아남아서 다시 만났답니다. 그럴 수 있었던 '비결'은 무엇일까요? 선생님과 학생들이 나누는 가상 수업을 통해 생각해 봐요.

● 블록버스터 영화 같은 고전 소설!

쌤 은하, 지음 양 반갑습니다! 오늘은 《최척전》에 대한 이야기를 함께 나누려고 해요. 모두 《최척전》 재미있게 읽었나요?

은하 감동적이었어요. 특히 마지막에 다 같이 만나는 장면에서는 눈물도 살짝 났어요.

쌤 참으로 극적인 부분이지요. 지음이는 어땠나요?

지음 한 편의 블록버스터 영화를 본 느낌이에요. 일단 스케일이 크잖아요. 조선, 중국, 일본, 베트남을 오가는 고전 소설이라니요!

은하 재난 영화 같기도 해요. 전쟁만 아니면 가족들이 생이별할 이유가 없었을 텐데. 전쟁은 엄청난 재난인 게 분명해요.

지음 그래도 가족들이 다시 만나서 정말 다행이에요!

쌤 여러분은 가족들이 전쟁의 와중에도 어떻게 재회할 수 있었던 것이라고 생각하나요? 그 비결은 무엇일까요?

은하 · 지음 음…….

쌤 이번에는 바로 이 점에 대해 이야기를 나눠 보려고 해요. 가족들이 재회할 수 있었던 이유 말이에요. 두 차례의 전란을 겪으며 그때마다 헤어짐을 겪었지만, 최척 가족은 결국 살아서 만났지요. 그럴 수 있었던 힘은 어디에 있었는지 알아볼 거예요. 먼저 부부의 만남부터 거슬러 올라가 봐요.

● 옥영 어머니는 부도덕한 사람일까?

쌤 《최척전》의 전반부는 최척과 옥영의 만남을 그립니다. 작품 전체의 3분의 1 정도로 상당히 비중이 크지요. 그런데 둘의 결혼은 순탄하지 않았어요. 결혼 허락을 받고도 최척은 의병이 되는 바람에 혼인날에 맞춰 돌아오지 못했는데요. 이때 부유한 사람이 옥영에게 구혼하니까 옥영 어머니도 혼사를 번복해 버렸지요.

지음 딸 시집 잘 보내자고 최척과의 약속을 저버리다니 너무해요. 은하야, 넌 나중에 그런 엄마 되지 마. 알았지?

은하 당연하지.

쌤 하하, 옥영 어머니의 행동이 무례하기는 했지요. 그런데 왜 옥영 어머니는 결정을 번복하면서까지 딸을 부유한 집으로 시집보내려고 했을까요?

은하 그만큼 먹고살기 힘들었다는 뜻 아닐까요?

쌤 맞습니다. 옥영은 본래 서울의 명문가 출신입니다. 하지만 아버지는 돌아가셨고, 전쟁 때문에 강화도와 회진을 거쳐 친척 집에 피란 온 상황이었지요. 이런 상황에서는 안정된 삶이 제일 절실할 겁니다. 옥영 어머니는 최척을 거절하면서 기댈 곳 없이 어려운 자신의 처지를 토로한 적이 있지요.

지음 조선 시대에 홀로 자식을 키우며 살아가기는 힘들었을 것 같아요.

쌤 그래요. 옥영 어머니에게 딸의 혼인이란 개개인의 결합을 넘어서 가족의 생존이 달린 문제였답니다.

은하 쌤 말씀을 듣고 보니 어머니 입장도 이해가 되네요.

쌤 옥영 어머니가 어렵사리 혼인을 승낙한 뒤에 최척은 의병에 나가서 돌아오지 않았어요. 그때 어머니는 정말 불안했을 겁니다. 의병으로 간다는 건 그가 아무 권력도 없는 사람이고, 언제든 죽음을 맞이할 수 있다는 뜻이니까요.

지음 아! 단지 어머니의 욕심 때문에 결혼을 반대한 게 아니었군요.

쌤 그렇습니다. 실제로 의병으로 간 남편이 죽거나 행방불명되어 과부로 남은 여인이 많았지요. 가난과 종군(從軍)은 당시 민중이 짊어져야 할 운명과도 같았어요.

은하 참 안타까운 역사예요.

지음 하지만 옥영은 죽음을 각오하며 최척과 혼인하겠다는 뜻을 이루잖아요. 저는 자기 운명을 스스로 결정하는 옥영이 멋져 보였어요.

쌤 그래요. 이런 일련의 과정은 두 사람이 소중한 인연이라는 걸 보여 주지요. 그러나 이번에는 더 큰 어려움이 닥쳐옵니다.

● 최척에게 고향은 어떤 의미일까?

쌤 기억하지요? 정유년 8월에 왜적이 남원에 쳐들어오면서 최척 가족의 비극이 시작되었다는 것을요.

지음 아! 너무 안타까워요!

쌤 한 가지 질문을 던질게요. 여러분은 '고향' 하면 어떤 느낌이 드나요?

지음 글쎄요……. 태어난 곳? 저는 고향이 대전인데 별 느낌이 없어요.

은하 저는 서울인데 지음이랑 마찬가지예요.

쌤 요즘 고향을 애틋해하는 경우는 별로 없지요. 하지만 농촌 사회인 조선 시대는 달랐어요. 사람들은 태어나서 죽을 때까지 한곳에서 사는 경우가 많았어요. 결국 고향은 삶의 근원이었지요.

은하 수구초심(首丘初心)이라는 고사성어가 떠오르네요.

지음 '여우가 죽을 땐 제가 살던 언덕으로 머리를 둔다.'라는 뜻이지? 고향을 그리워하는 마음을 나타낸 말이잖아.

은하 오오! 똑똑한걸?

쌤 그런데 전쟁은 사람들을 고향으로부터 몰아냅니다. 최척과 옥영은 고향을 떠나 중국, 일본, 동남아 등지로 이리저리 떠돌아다니며 유랑민이 되지요.

지음 쌤! 임진왜란, 병자호란 때 포로로 끌려간 사람도 많다고 들었어요.

쌤 맞아요. 그들은 말 한마디 통하지 않는 곳에서 일평생을 살아야 했어요. 그곳에서 끔찍한 일을 당한 경우도 많았지요.

은하 소설보다 실제 상황은 더욱 가혹했을 것 같아요.

지음 얼마나 힘들었을까요!

쌤 유랑민은 그 무엇보다도 정착을 바랐지요. 사랑하는 가족과 함께하는 것, 소박하고 평범해 보이는 일이 그들에게는 소원이었던 거예요.

은하 그러고 보면 《최척전》은 힘없는 백성의 '유랑'과 '정착'을 그렸다고 할 수 있겠네요.

쌤 맞아요. 그 두 가지가 바로 《최척전》의 핵심 키워드지요. 그런데 유랑민이 정착하기는 쉽지 않답니다. 지금부터 그 과정을 살펴봐요.

● **그들은 어떻게 만날 수 있었을까?**

쌤 최척과 옥영이 처음으로 재회하던 때, 기억하나요?

은하 기억나요! 최척의 퉁소 소리를 듣고 배에 있던 옥영이 시를 읊었잖아요.

지음 베트남에서였지? 진짜 대박이야!

쌤 이제 최척과 옥영은 유랑을 마치고 중국에 정착합니다. 친척 하나 없는 이국땅인 데다 헤어진 부모님과 어린 아들이 걱정이었지만, 그래도 전보다는 훨씬 나았지요.

은하 맞아요. 이곳에서 둘째 아들과 며느리도 얻었잖아요.

쌤 이후 명나라의 요양 출병 때 최척이 나가면서 부부는 두 번째 이별을 맞지요. 당장은 뼈아픈 헤어짐이었지만, 이는 가족이 재회하는 계기가 되기도 해요. 최척은 포로로 잡혔다가 아들 몽석을 만나고, 둘이 고향으로 돌아가 부모님을 만나게 되었지요.

은하 마치 한 편의 드라마 같아요. 사람을 들었다 놨다 하네요!

쌤 자, 이제 핵심은 명나라에 있는 옥영과 아들, 며느리입니다. 이들이 무사히 조선으로 돌아가서 가족들을 만나야 진정한 해피엔드지요. 그런데 옥영은 남편이 살아서 조선으로 갔을 것이라고 굳게 믿어요.

은하 어떻게 그렇게 확신할 수 있었을까요?

지음 생각해 보니 그렇네. 요즘처럼 스마트폰으로 위치 찾기 서비스가 되는 것도 아닌데.

은하 아! 기억나요. 장륙불! 꿈에 부처님이 나와서 옥영에게 알려 주었어요.

쌤 《최척전》에는 장륙불이 몇 차례 등장합니다. 우리는 장륙불을 그냥 지나치기 쉬운데요. 삶에서 의미 있는 순간이나 생사의 기로에 놓였을 때마다 옥영의 꿈에 나와서 미래를 예언하지요. 옥영은 왜 이런 꿈을 꾸었을까요?

지음 혹시 작가가…… 스님?

은하 작가는 장륙불의 입을 빌려 등장인물과 독자에게 하고 싶었던 말이 있던 것 같아요.

쌤 어떤 말일까요?

은하 살다 보면 힘들고 고통스러운 순간들이 오잖아요. 그럴 때 실제로 삶을 포기하는 경우도 많고요. 그런데 정말 다 포기하면 아무런 의미가 없어요. 다음 기회는 영영 없을 테니까요. 작가는 장륙불을 통해 포기하지 말라는 말을 하고 싶었던 게 아닐까요?

지음 와, 대박!

쌤 훌륭합니다. 장륙불이 꿈에 나와서 미래를 예견한다는 설정이 왠지 작위적으로 보이는데, 작가는 왜 굳이 장륙불을 등장시켰을까요? 은하 말처럼 장륙불을 통해 꼭 전하고 싶었던 이야기가 있었기 때문일 거예요. 최척이 소설 초반 평화롭던 시절에 '좋은 일과 나쁜 일이 반복되는 건 사람살이의 당연한 이치'라고 말했던 것 기억하지요? 그리고 불행이 닥치더라도 한탄만 하지는 말자고 했지요.

지음 마치 미래를 내다보고 한 말 같아요!

쌤 최척의 말과 장륙불의 말은 일맥상통해요. 삶에는 늘 희비가 교차하게 마련이니, 어려운 상황에서도 포기하지 않으면 훗날 기쁜 일이 있으리라는 것이지요. 이것은 작가의 생각이기도 합니다.

은하 조위한 말이지요?

쌤 그렇습니다. 조위한은 3명의 자식을 자신보다 일찍 보냈습니다. 아내와 어머니마저 전쟁 통에 잃었지요. 정말 엄청난 비극을 겪었던 거예요.

지음 너무 힘들었겠어요!

쌤 하지만 조위한은 삶을 포기하지 않고 묵묵히 견뎌 냈습니다. 《최척전》은 그의 개인적 체험이 녹아든 소설이에요. 그래서 소설의 한마디 한마디가 더욱 절절하게 다가오는 것 같다는 생각이 듭니다.

은하 결국 최척과 옥영이 만날 수 있었던 건 굳건한 믿음 덕분인 듯해요. 언젠가 재회할 것이라는 믿음 말이에요.

지음 저는 마음가짐도 중요한 것 같아요. 어떤 상황에서도 포기하지 않는 굳은 마음가짐이요.

쌤 맞아요. 작가는 《최척전》을 통해 그런 믿음과 마음가짐에 대한 이야기를 하고 싶었을 겁니다. 우리도 앞으로 수많은 어려움을 겪겠지요. 모든 걸 포기하고 싶은 때가 올지도 모릅니다. 그런 상황에서도 늘 저 멀리 있는 희망의 빛을 찾았으면 좋겠어요.

고전과 함께 읽기

《최척전》과 관련해 함께 보면 좋은 영화나 책 등을 소개합니다. 다양한 작품들을 통해 이해의 폭을 넓히고 재미를 느껴 보길 바랍니다.

영화 〈**라이언**〉 가족 찾아 7600km?

어쩔 수 없이 가족과 헤어졌다가 재회하는 줄거리는 소설이나 영화에서 심심찮게 찾아볼 수 있습니다. 그 예로 오래된 애니메이션 〈엄마 찾아 삼만 리〉나 영화 〈태극기 휘날리며〉 등을 들 수 있겠네요. 이번에 살펴볼 〈라이언〉 역시 한 가족의 이별과 재회를 다루고 있습니다.

▲ 2017년에 개봉한 영화 〈라이언〉의 포스터

이 작품은 인도의 작은 시골 마을에서 출발합니다. 5살 소년 사루는 어머니와 형의 사랑을 듬뿍 받는 평범한 아이였습니다. 집안 형편은 어려웠지만 가족들과 평온한 일상을 지내고 있었지요. 어느 날 사루는 역에서 일하는 형을 따라 기차역에 갔어요. 형은 동생에게 플랫폼에서 기다리라고 말한 뒤 일을 하러 갑니다. 이윽고 늦은 밤이 되자 날이 쌀쌀해지고 피로가 몰려왔습니다. 사루는 추위를 피해 멈춰 있던 기차에 몸을 실었다가 깜빡 잠들었습니다. 그런데 그 사이에 기차는 출발해 버리고 사루는 수천 킬로미터 떨어진 낯선 곳에 도착하게 됩니다. 그곳에서 엄마와 형을 애타게 불렀지만 답은 없었어요. 5살짜리 어린아이가 기억할 수 있는 것은 '구뚜'라는 형의 이름과 정확하지 않은 동네 이름뿐이었지요. 사루는 다시 집으로 돌아갈 수 없었습니다.

보호자 없는 아이에게 세상은 거대한 폭력과도 같았습니다. 사루는 거리를 떠돌며 몇 번의 위기를 겪은 뒤 아동 보호소에 들어가게 됩니다.

다행히도 절망에 빠진 아이에게 호주에 사는 한 부부가 희망의 손길을 내밀었습니다. 이들은 사루를 입양한 뒤 정성을 다해 키웠고, 사루 역시 새 부모님의 따뜻한 보살핌 아래 건강한 청년으로 성장하지요.

시간은 빠르게 흘러갑니다. 대학에서 우연히 인도 출신 친구들과 사귀게 된 사루는 그들에게서 고향에 대한 몇 가지 단서들을 접

합니다. 그리고 잊고 있던 어린 시절의 기억, 자신을 애타게 부르고 있을 엄마와 형을 떠올리게 되지요.

오랜 고민 끝에 그는 집으로 가는 길을 직접 찾아 나섭니다. 인도에서 호주까지 7600km. 고향을 떠나온 지 벌써 25년이나 지났지만 가족을 생각하는 마음은 날마다 커졌지요. 결국 그는 인도로 찾아갔고, 잃어버렸던 가족과 다시 만나게 됩니다!

"친엄마를 찾았어요. 그래도 엄마는 여전히 제 엄마예요. 제가 그분을 찾았다고 해서 엄마의 의미가 바뀌지는 않으니까요."

사루는 호주의 양부모에게 친어머니를 찾았다고 전하며 이렇게 이야기합니다. 사루가 양부모와 친부모를 모두 다 소중한 식구라고 말하는 부분은 너무나 감동적이지요. 이 영화를 보면 뜨거운 가족애를 느낄 수 있을 거예요. 또한 진정한 가족의 의미에 대해 생각해 보게 됩니다.

이 영화는 실화를 바탕으로 만들어졌다고 해요. 오랜 세월 동안 헤어졌던 가족을 다시 만났을 때의 기쁨이 얼마나 클지 상상할 수조차 없습니다. 마치 최척이 가족과 재회했을 때의 감동을 그대로 스크린에 옮겨 놓은 듯한 느낌이 들지 않나요?

고전 《**김영철전**》 전쟁은 어떤 비극을 남길까?

"내가 아무 잘못도 없는 처자식을 저버리고 와, 두 곳의 처자식들로 하여금 평생을 슬픔과 한탄 속에서 살게 했으니, 지금 내 곤궁함이 이 지경에 이른 게 어찌 하늘이 내린 재앙이 아니겠는가."

전쟁 포로의 처절한 탈출기라고 할 수 있는 《김영철전》은 김영철이란 인물의 기구한 삶을 그리고 있습니다. 조선 후기 문인 홍세태(1653~1725년)가 지었으며 그의 문집인 《유하집(柳下集)》에 실려 있지요. 잠시 줄거리를 살펴볼까요?

평안도 사람이던 김영철은 명과 후금과의 전쟁이 있었던 때인 1618년에 명을 지원하는 조선 병사로 출병합니다. 그러나 전쟁에서 패하여 포로로 잡혔지요. 다행히 겨우 목숨을 건져 후금 장수의 하인이 되었습니다.

그렇게 김영철은 머나먼 북방에서 살게 되었습니다. 하지만 마음은 늘 고향에 있었지요. 김영철은 가족을 그리워하다가 결국 탈출을 감행합니다. 그러나 탈출 시도는 모두 실패로 돌아가고, 김영철은 발뒤꿈치를 잘리는 형벌을 당합니다. 다행히 그는 주인의 배려로 그곳에서 새로운 가족을 꾸리게 되었지요.

그 뒤로 김영철은 안정된 생활을 할 수 있었을까요? 안타깝게도 그렇지 못했습니다. 고향을 향한 그리움이 너무나 컸거든요. 결국 그는 세 번째 탈출에 성공해 명나라에 이릅니다. 그리고 함께 탈출한 동료의 여동생을 아내로 맞아 다시 새로운 가족을 꾸렸습니다.

이제는 몸도 마음도 정착할 법하지요. 하지만 김영철의 시선은 늘 조선을 향해 있었습니다. 고향으로 돌아갈 날을 애타게 기다렸지요. 어느 날 그에게 우연한 기회가 찾아옵니다. 고향 친구가 명나라에 사신으로 왔던 것이지요. 김영철은 친구가 돌아가는 배에 몰래 숨어들어서 마침내 고향 땅을 밟습니다. 할아버지와 어머니를 만나고, 새로운 아내를 맞아 가정을 이루었지요.

꿈에도 그리던 고향에 돌아왔으니 행복할 일만 남았을까요? 안타깝게도 운명의 소용돌이는 그를 가만두지 않았습니다. 김영철은 청과 명이 대립할 때 통역관으로 전장에 가게 됩니다. 그런데 하필이면 그곳에서 옛 주인이던 후금 장수를 만나지요. 분노한 후금 장수는 김영철을 죽이려 듭니다. 다행히 함께 간 현령의 도움으로 재물을 바치고 겨우 목숨을 건졌지만, 겨우 고향으로 돌아오고 나니 김영철에게 남은 건 빚밖에 없었어요.

그러다 1658년, 조정에서 자모 산성을 쌓으며 이곳을 지킬 병사를 모집합니다. 여기 응하면 군역을 면제해 주겠다고 했지요. 김영철은 예순 살의 나이에 산성을 지키는 일을 맡습니다.

가난 속에서 하릴없이 늙어 가는 김영철의 모습은 서글프기 그

지없었습니다. 후금과 명에 남은 가족들을 생각하면 눈물이 떨어져 옷깃을 적셨지요. 김영철은 그곳에서 20여 년 동안 성을 지키다가 여든넷의 나이로 세상을 떠납니다. 이렇게 작품은 쓸쓸하게 끝을 맺습니다.

　열아홉에 전장에 끌려간 김영철. 그는 겨우 살아서 고향에 돌아왔습니다. 부모를 모시기 위해, 또 고향을 잊지 못해 고국을 찾았지요. 그러나 고국이 그에게 베푼 것은 아무것도 없었습니다. 오히려 국제 정세에 밝다는 이유로 김영철을 다시 전쟁터로 끌고 가기 바빴지요. 그는 목숨을 건지기 위해 재산을 바치고 나서 남은 평생

을 곤궁하게 살 수밖에 없었습니다. 어쩌면 김영철이 전쟁터로 끌려갈 때부터 첫 단추가 잘못 끼워졌던 것일지도 모릅니다.

작품 말미에 작가는 자신의 생각을 적어 놓았습니다. 김영철이라는 소설 주인공에 대한 애잔한 마음이 잘 드러나 있지요.

늙어서도 성 지키는 일을 하다가 끝내 가난 속에서 울적한 마음을 품은 채 죽고 말았으니, 이 어찌 천하의 충성스런 선비를 격려하는 방법이란 말인가? 나는 김영철의 일이 잊혀서 세상에 드러나지 않음을 슬퍼하여, 이 전(傳)을 지어 후대 사람에게 보임으로써 우리나라에 김영철이란 사람이 있었음을 알리고자 한다.

전쟁은 무시무시한 고통, 이별, 가난, 폭력을 불러옵니다. 김영철은 그 속에서 고통받았던 백성들을 대표하는 인물이라 할 수 있습니다.

《김영철전》과 《최척전》 사이에는 커다란 공통점이 있습니다. 두 작품 모두 전쟁의 소용돌이 속에 평범한 백성들이 겪은 아픔을 잘 그려 내고 있다는 점입니다. 여기에서 주인공의 운명은 거대한 힘에 의해 휩쓸려 갈 따름입니다. 《김영철전》은 더욱 안타깝습니다. 가족을 찾아 고향에 돌아온 그에게 남은 건 가난과 군역밖에 없었으니까요. 한 인간에게 닥친 비극에 그저 숙연한 마음이 들 뿐입니다.

소설 《아연 소년들》 전쟁터에도 희망은 있을까?

▲《아연 소년들》의 표지 이미지

《최척전》은 다행히 행복한 결말을 맺습니다. 이별했던 가족이 다시 만나게 되었으니까요. 하지만 현실은 어떨까요? 전쟁에 나가는 건 쉽지만, 살아 돌아오긴 어렵지요. 이번에 소개할 소설 《아연 소년들》에는 전쟁의 참혹함과 남겨진 자의 슬픔이 잘 그려져 있습니다.

이 책의 작가는 우크라이나의 소설가 스베틀라나 알렉시예비치입니다. 그는 《전쟁은 여자의 얼굴을 하지 않았다》(2015년), 《체르노빌의 목소리》(2011년)와 같이 사회 비판적인 책을 썼으며, 2015년에 노벨 문학상을 받았습니다. 알렉시예비치는 《아연 소년들》을 쓰기 위해 4년 동안 아프가니스탄 곳곳을 돌아다녔다고 해요. 그곳에서 소련-아프가니스탄 전쟁 참전군과 전사자들의 어머니를 대상으로 500건 이상의 인터뷰를 진행했는데요. 소년병들의 어머니들은 어린 아들을 전쟁에 보낸 뒤 공포에 떨고 있었습니다. 아프가니스탄 전쟁에 파병되면 아들이 죽어서 아연관에 담겨 돌아온다는 소문이 있었거든요. 《아연 소년들》이라는 소설의 이름은 소년병들의 시신이 아연으로 만든 차디찬 관에

담겨 돌아온 것에 착안하여 붙인 것이랍니다. 소설에는 미리 준비
해 놓은 수백 개의 아연관들이 햇빛을 받아 아름답고도 무섭게 빛
났다는 말이 쓰여 있어요. 아연관은 언뜻 아름다워 보이지만 실체
를 알고 나면 두려워할 수밖에 없는 것입니다. 아연관 안에는 죽음
이 담겨 있을 테니까요.

　　여러분 같은 10대 청소년들이 소련-아프가니스탄 전쟁에 많이
참전했지요. 이유는 다양합니다. 조국을 위해서, 제복이 멋있어서,
친구가 가니까, 돈을 벌기 위해서……. 모두 제각각이지요. 하지만
전쟁터에서 겪게 되는 경험들은 비슷합니다. 그야말로 끔찍한 일
들이 기다리고 있지요. 사람을 죽이고, 마을을 불태우고, 갖은 구
타를 당하면서 악몽 같은 나날을 보내는 겁니다.

그중 수많은 아이들이 아연관에 담겨 집으로 돌아왔습니다. 어렵사리 살아 돌아왔다고 해도 아이들은 몸과 마음에 남은 상처로 심각한 후유증을 겪었지요. 스스로 목숨을 끊은 아이들도 많았습니다.

가족을 저세상으로 보내는 것은 엄청난 비극입니다. 특히 어머니에게 자식을 먼저 떠나보내는 슬픔은 상상할 수조차 없는 고통으로 느껴질 것입니다. 《아연 소년들》에 쓰인, 남은 이들의 절규를 읽으면서 전쟁의 비극에 대해 생각해 보게 됩니다.

> 《최척전》과 《아연 소년들》은 모두 전쟁과 이별에 대해 이야기합니다. 사랑하는 가족과 영영 헤어지는 건 크나큰 비극이지요. 전쟁은 우리에게 이런 비극을 강요합니다. 그 상황에서 미래는 한 치 앞을 내다볼 수 없게 되고, 인간의 생사는 너무나도 쉽게 결정되어 버리지요. 인간의 존엄성은 사라지고, 뜨거운 피가 도는 몸은 결국 차디찬 시신이 되어 버립니다. 어떻게 하면 이 비극을 막을 수 있을까요? 우리가 전쟁을 다룬 문학을 읽고 타인의 아픔에 공감하는 것부터 시작하면 어떨까요?

물음표로 따라가는 인문고전 12

최척전 전쟁터에도 희망은 있을까?

ⓒ 박진형 토끼도둑, 2018

1판 1쇄 발행일 2018년 11월 15일 | **1판 2쇄 발행일** 2021년 12월 15일

글 박진형 | **그림** 토끼도둑
펴낸이 권준구 | **펴낸곳** (주)지학사
본부장 황홍규 | **편집장** 윤소현 | **팀장** 문지연 김지영 | **편집** 양선화 박보영 이인선
디자인 디자인앨리스 | **제작** 김현정 이진형 강석준 방연주 | **마케팅** 송성만 손정빈 윤술옥 이혜인
등록 2010년 1월 29일(제313-2010-24호) | **주소** 서울시 마포구 신촌로6길 5
전화 02.330.5297 | **팩스** 02.3141.4488 | **이메일** arbolbooks@jihak.co.kr
ISBN 979-11-6204-038-6 44810
ISBN 979-11-85786-85-8 44810 (세트)
잘못된 책은 구입하신 곳에서 바꿔 드립니다.

 제조국 대한민국 **사용연령** 10세 이상
KC마크는 이 제품이 공통안전기준에 적합하였음을 의미합니다.

 지학사아르볼 아르볼은 '나무'를 뜻하는 스페인어. 어린이들의 마음에
담긴 씨앗을 알찬 열매로 맺게 하는 나무가 되겠습니다.
홈페이지 www.jihak.co.kr/arb/book | **포스트** post.naver.com/arbolbooks